KB112608

소설 같은 내 인생

소설 같은 내 인생

삶의 마디를 건너가는
열두 사람의 이야기

최
규
승

마음산책

소설 같은 내 인생

삶의 마디를 건너가는
열두 사람의 이야기

1판 1쇄 인쇄   2022년 10월 10일
1판 1쇄 발행   2022년 10월 15일

지은이   최규승
기획   한국문화예술교육진흥원
펴낸이   정은숙
펴낸곳   마음산책

편집   권한라 · 성혜현 · 김수경 · 나한비 · 이동근
디자인   최정윤 · 오세라 · 차민지
마케팅   권혁준 · 권지원 · 김은비
경영지원 박지혜

등록   2000년 7월 28일 (제2000-000237호)
주소   (우 04043) 서울시 마포구 잔다리로3안길 20
전화   대표 | 362-1452   편집 | 362-1451
팩스   362-1455
홈페이지 www.maumsan.com
블로그   blog.naver.com/maumsanchaek
트위터   twitter.com/maumsanchaek
페이스북 facebook.com/maumsan
인스타그램 instagram.com/maumsanchaek
전자우편 maum@maumsan.com

ISBN   978-89-6090-774-4 03810

* 책값은 뒤표지에 있습니다.

무슨 일을 하든,

즐겁지 않으면 자신감이 생기지 않는다는 것을,

자존감은 즐거운 자신감에서 나온다는 것을.

인생의 길은 돌아갈 수 없으므로 어떻게든 가야 한다.
그럴 때 방법은 하나일 것이다.
더디더라도 힘들더라도 길을 만들어가야 한다는 것.

'공동체 우선'에서 '나를 위한 삶'으로

위대한 사람偉人은 만들어지고 평범한 사람凡人은 살아 간다. 위대한 사람의 이야기, 위인전偉人傳은 어느 정도 첨가되고 꾸며지고 만들어진 이야기일 수밖에 없다. 하 지만 평범한 사람들의 살아가는 이야기, 위인전爲人傳은 말 그대로 삶의 기록, 인간 됨됨이의 이야기이다. 자신 의 부족함에 주저앉고 입은 상처에 눈물 흘린다. 하지만 머물지 않고 다시 움직여 살아간다. 그렇게 살아가고 살 아지는 삶의 마디마디에 사람들은 생애전환의 이야기를 새긴다. 어떤 이야기는 계단처럼 변화하고, 어떤 이야기 는 계절처럼 순환한다.

생애전환기는 누구에게나 찾아오지만 사춘기를 제외하 고는 눈에 띄게 나타나지 않는다. 다만, 아무리 작은 변화라 해도 당사자에게는 무엇보다 중요한 일이어서 그 시기를 어떻게 넘어가느냐에 따라 전환 이후 삶의 질이 달라진다. 생애전환기는 세대를 아우르는 일정한 연령대 대부분이 갖는 공통점이 있고, 개인마다 다른 특이점도 있다. 즉, 생물학적으로 어느 연령에 다다르면 신체적 변화와 함께 일어나는 사춘기 같은 전환도 있을 것이고, 정년퇴직 후의 삶처럼 사회적 환경의 변화로 일어나는 전환도 있을 것이다. 내적 조건이든 외적 조건이든 사람은 조건의 변화에 대응하며 전환을 이룬다.

어떠한 전환이든 인생의 전환기에는 사람과 사람, 개인과 집단의 새로운 관계 맺기가 이루어진다. 신체적으로 성장이 다 끝난, 성인의 전환기에서는 더욱 그렇다. 자신과 관계를 맺는 사람에 별반 변화가 없고, 또 새로운 관계 맺기의 필요성을 느끼지 못하는데도 신중년의 나이에 접어들었으므로 무조건 '나는 전환기'라고 생각하는 데는 문제가 있다. 나이는 생애전환기를 규정하는 절대적인 기준이 아니기 때문이다. 신중년론을 포함한 세대론이 놓치기 쉬운 것이 바로 이러한 점이다.

그럼에도 불구하고 나이는 생애주기를 나누는 기준이 된다. 생애주기와 생애전환을 꼭 등치시킬 수는 없지만, 일반적이란 조건을 붙이면 그렇다고 할 수 있다. 평균수명이 급격히 늘어가는 시대, 흔히 100세 시대라고 일컬어지는 세상에 우리는 살고 있다. 기대수명이 100세에 이르게 된 사회에서 그 절반인 50세는 상징적인 나이이다. 신중년은 이러한 시대적 배경에서 이제까지는 없었던 중년, 새로운 중년이란 의미로 탄생하게 된 것이다.

신중년은 마지막 아날로그 세대이자 첫 디지털세대로 종이책이나 활자 문서로 공부했지만 전자책이나 전자문서에도 익숙한 세대이다. 즉, '창'이라는 말을 들으면 유리창과 화면을 동시에 떠올릴 수 있는 세대이다. 평생직장으로 사회에 발을 들여놓았지만 IMF 시대를 지나 비정규직 사회에서 정년과 경력 단절을 맞은 세대, 독재 시대의 자식이었고 민주 시대의 부모인 점도 신중년의 특징 중 하나이다. 생애전환과 관련해서는 공동체를 우선한 마지막 세대이자 개인을 중심에 둔 삶을 살아갈 첫 세대인 것이다.

신중년 이전의 세대 구분에서는 대개 정년을 맞는 60세 전후로 장·노년을 나누고 장년보다 한 세대 아래에 중년 세대를 두었다. 그래서 자연스럽게 은퇴 이후의 삶과도 밀접한 연관을 가졌다. 하지만 정규직이 더 이상 보편이 되지 못하는 사회, 정규직조차 정년이 보장되지 않는 사회에서 이러한 기준은 의미가 없어졌다. 또한, 신중년은 평균수명이 늘어나 연령 기준이 50대로 올라갔지만 이전의 세대론과는 달리 명확한 나이를 기준으로 제시하기에는 무리가 있다. 대체로 그 나이쯤일 뿐이다. 그보다는 '지금-여기'에서 신중년은 무엇보다 공동체 우선에서 개인 중심으로 생애전환을 이루는 세대, 정도로 규정하는 게 맞지 않을까 한다. 이는 크게 잡아 지난 10년과 앞으로 10년 내에서만 부합하는 것이겠지만.

이러한 사회적 변화에 맞춰 신중년을 대상으로 2018년부터 진행된 프로그램 중의 하나가 한국문화예술교육진흥원(이하 진흥원)의 '생애전환 문화예술학교'이다. 시행 첫해에는 여러 예술 분야 중에서 문학을 중심으로 '은퇴 이후의 삶'에 초점을 맞춘, 〈문학으로 한 달 살아보기〉 등의 프로그램이 진행되었다. 이후 올해(2022년)까지 프로그램은 변화, 확대를 거치며 계속되고 있다. 형식적으로는 진흥원이 직접 운영하던 프로그램에서 지역의 문화예술 기관 및 단체에 위탁해 진행하는 방식으로 확장되었다. 내용적으로는 다양한 예술 분야로 확대되어가는 가운데, '은퇴 이후의 삶'을 포함, '공동체 우선에서 개인 중심의 삶'이라는 '지금-여기'의 세대 보편적 전환에 초점을 맞춘 프로그램으로 심화되었다.

『소설 같은 내 인생: 삶의 마디를 건너가는 열두 사람의 이야기』는 2018년부터 진행된 '생애전환 문화예술학교'에 참여한 사람들의 이야기이다. 이들 프로그램에 참여한 수많은 사람들 중에서 문화예술 기관 및 단체에서 추천한 열두 명의 삶의 마디에 새겨진 이야기를 소설 형식으로 구성해 책으로 엮었다. 열두 명의 이야기로 일반화할 수는 없지만 이들의 삶은 '공동체 우선에서 개인을 중심에 둔 삶으로 전환'하는 공통점을 보였다. 하지만 개개의 삶은 물론, 생애전환의 계기나 속도는 모두 달랐다.

사람들은 대개 다른 사람이 나를 인정해주고 알아봐주는 것, 나아가 존경해주고 숭상해주기를 갈망하고, 또 그리 되려고 노력한다. 그러다 보면 내면보다는 겉모습을 가꾸거나, 보여주기 위한 행동에 빠지기 십상이다. 하지만 다른 사람의 인정이 나를 바로 세우는 척도는 되지 못한다. 다른 사람의 긍정적인 시선이나 평판은 부정적으로 바뀌기 쉽고 심지어 무관심으로 돌아서기도 한다. 내가 나를 인정하지 못하고 사랑하지 않는 사람은 이런 상황을 견디지 못한다. 사람이 사람으로 사람이 되기도 하지만 그보다 더 많은 경우, 사람이 사람으로 사람 되기를 포기한다. 심리적이든 육체적이든 자신을 부정하고 놓아버리는 원인은 대부분 자신 안에 있다. 자신과 마주하지 못하는 사람은 결국, 삶의 어떤 마디에서도 전환은커녕 작은 변화도 이루지 못한다.

생애전환은, 비유하자면 삶의 마디, 생의 변곡점, 인생 터닝 포인트일 것이다. 이들 마디, 변곡점, 터닝 포인트에서 삶, 세월, 생애 등이 사람, 공간, 일 등과 만나서 전환이라는 화학반응이 일어난다. 이러한 계기는 '생애전환 문화예술학교'와 같은 문화예술 교육 프로그램일 수도 있고, 새롭게 관계 맺은 사람일 수도 있으며, 새 일일 수도 있다. 드물게는 어떤 계기도 없이 느닷없이 불현듯, 마치 선승의 깨달음처럼 닥쳐오기도 한다. 그럼에도 그 어떤 전환의 모습이나 상황에서도 공통적인 것은 자신과 마주하는 시간을 거치게 된다는 점이다.

이 책에 실린 열두 명의 이야기는 생애전환의 시기에 자신과 마주한 열두 가지 색의 이야기이다. 이들 열두 가지의 색은 별색이라기보다 다양한 색의 혼합으로 이루어진 색이다. 색은 더 다양하고 이야기는 더 길다. 짧은 지면에 그 이야기를, 그 색을 모두 담지 못한 것이 아쉬울 따름이다. 코로나19의 상황에서도 장시간 인터뷰에 응해준 이야기의 주인공들에게 다시 한번 감사의 말씀을 전한다. 또한, 이 책을 기획한 진흥원의 시민교육팀, 특히 매 순간 윤활유 역할을 마다하지 않은 이현승 주임과 책의 꼴을 만들어준 마음산책에게도 감사의 마음을 남긴다.

2022년 가을

최규승

1

새로운 시작,
또 다른 출발

구본용

인천

구본용 님은,

20년 넘게 한 직장에 근무하며 경영과 마케팅, 홍보 관련 업무를 수행했다. 자신을 인정하는 좋은 조건에 감사한 마음으로 이직에 성공했으나, 이후 펼쳐진 현실은 그 마음을 외면했다. 결국, 인생의 새로운 여정에 접어들게 되었고, 1년여 동안 생애전환을 모색하는 다양한 시도로 새롭고 어색한 그 시간을 지나왔다. 자신이 살고 있는 마을에 관심을 갖고 지역사회 활동에 열심히 참여하고 있던 중에 행운처럼 기회가 주어졌고, 50이 넘은 나이에 지역의 공기업에 재취업하게 되었다. 이는 지역사회의 자치와 발전에 대한 관심이 일과 만나는 행복한 순간으로 그이의 삶에 기록되었다.

그이가 참여한 프로그램은 〈생애전환 워크숍: 전환을 위한 삶의 방법〉(2020), 인천 생애전환 문화예술학교 〈생활학교: 내 인생의 소울푸드〉(2021), 전환 활동 지원사업 〈내 힘으로 찾아가는 생생탐구〉(2021)이며, 전환 활동 지인기업에서 가을 전환 활동을 계획, 자서전 『하프타임 락커룸: 반백에 만나보는 진솔한 나의 모습』을 완성했다.

하프타임의 자서전

'마치 벽 앞에 서 있는 것 같아.'

본용 씨는 오늘도 늦은 밤까지 컴퓨터 키보드에 손을 얹고 앉아 있다. 이런 지도 벌써 한 달이 가까워졌다. 뭔가를 치다가 지우고 또 치다가 지우고, 화면의 커서만 앞뒤로 왔다 갔다 할 뿐, 결국 한 줄도 채우지 못하고 '썼다 지웠다'를 반복했다. 어느 가수의 노랫말이 어떤 느낌인지 알 것도 같았다.

쓴다는 것은, 생각이나 경험을 손이 옮기는 것이 아니라 그것들을 실로 삼아 손이 한 땀 한 땀 정성스럽게 짜는 옷감이라는 것도 알게 되었다. 이미 머릿속에는 아름다운 수가 놓인 옷감을 여러 벌 짜놓았지만 정작 손에 들어온 옷감은 샘플도 없었다. 본용 씨는 실뭉치만 들고 있을 뿐 타래의 실 끝도 찾지 못하고 있는 형국이었다.

답답한 가슴이 더 답답해졌다. 한 달 전, 자서전을 쓰겠다고 결정했을 때는 하루에 A4 한 장씩, 넉넉히 한 달이면 책 한 권 분량의 글을 쓸 수 있을 것 같았다. 20여 년을 넘게 다닌 직장에서도 하루에 여러 장의 보고서와 홍보 문서를 작성하지 않았던가. 그걸 모아 쌓으면 롯데월드타워는 아니더라도 웬만한 건물 높이는 되고도 남았을 것 같았다.

형식도 다르고 내용도 다른 글이지만, 종이에 글자를 채워나가는 일이므로 '거기서 거기'라고 생각했었다. 남의 얘기도 아니고 내 얘기인데, 엄청난 작품을 창작하는 것도 아니고 지난 일을 쓰면 되는데 왜 자신이 '작가의 고뇌'를 겪어야 하는지 이해가 되지 않았다. 물론, 쉽게 쓸 수 있으리라고는 자신하지 않았지만 그것을 감안하더라도 최소한 2~3일에 한 장은 써야 계산이 맞지 않는가.

본용 씨의 마음을 아는지 모르는지, 컴퓨터는 화면 보호 모드로 변해 있었고, 추억이 담긴 사진들을 한 장 한 장 천천히 보여주었다. 마치, '내가 사진을 보여주듯이 너도 지나온 날을 한 페이지 한 페이지 펼쳐보듯 써보면 어때?' 하는 것 같았다.

자서전을 쓰리라 마음먹은 것은 작년 봄이었다. 인

구본용
인천

천문화재단에서 진행한 생애전환 문화예술학교 프로그램에 참여한 뒤였다. 프로그램에서 한 활동은, 프로그램명처럼 대단할 줄 알았는데 그렇지 않았다. 아이들에게 하듯이, 뭔가, 자신의 이야기를 '발견 노트'에 매일 쓰고 발표하는 것이었다. 이게 뭔가, 이 나이에 숙제라니, 했었다. 그 노트에는 '장소, 사물, 인물, 대화, 상황, 제목, 주제, 질문, 감각, 꿈' 등 10여 개의 항목이 있었고, 그것을 마중물 삼아 자신이 발견한 것을 무엇이든 적는 것이었다.

몇 차례 프로그램이 진행되자 내 이야기를 드러내는 것은 남에게 내 얘기를 자랑삼아 들려주기 위함이 아니라, 자신과 마주하기 위한 일, 성찰하기 위한 일임을 어렴풋이 느끼게 되었다. 그래서 본용 씨는 진지하게 프로그램에 참여했다. 비록, 자그마한 노트에 몇 문장 쓰는 것일 뿐이지만 어떤 글보다 나를 솔직히 돌아보는 일이어서 어느 순간, 가슴 뭉클함을 느끼기도 했다. 부끄러운 이야기도 부끄럽지 않았고, 다른 참여자의 이야기도 남 일처럼 느껴지지 않았다.

소울 푸드를 만드는 요리 시간에도 단순히 자신이 할 수 있는 요리를 하는 것이 아니었다. '푸드'보다는 '소울'에 방점이 찍힌 프로그램이었다. 내 영혼을 담아 요리한 음식은 곧 내 마음이었다. 요리할 때, 지난날의 나, 지금의 나와 진지하게 마주하지 않는다면, 미래의 나는 선명해지지 않고, 나의 '소울'은 남겨져 음식물 쓰레기가 될 것이 분명했다. 그런 마음으로 요리를 했기에 본용 씨의 소울 푸드는 빈 접시로 돌아왔다.

이들 프로그램을 마치고 참여자들은 심화 과정처럼 각자가 하고 싶은 활동을 기획했다. 본용 씨는 이때, 망설임 없이 자서전을 쓰기로 결정했다. 직장을 다닐 때도 언젠가 시간이 나면 자서전을 쓰리라 생각해온 터였다. 그리고 본용 씨 세대에게는 '글쓰기가 로망'이지 않은가. 이제, 시간도 넘치고 마침 프로그램의 일환으로 자신을 강제할 수 있는 계기가 생겼으므로 주저할 이유가 없었다. 더욱이 멘토로서 도움을 주는 퍼실리테이터도 자서전을 쓴 분이었다.

그런데 본용 씨는 지금 벽 앞에 서서 한 달 동안 한 자도 나아가지 못하고 있었다. 처음엔 자서전 쓰기에 관련된 책도 사보고 이런저런 구성도 해보면서 집필 의지를 불태웠다. 하지만 이론과 실제의 괴리만 느꼈을 뿐, 큰 도움을 얻지 못했다. '시간이 나면'이란 말은, 조건이 아니라 핑계였음을 확인하는 듯, 본용 씨는 한 장 한 장 펼쳐지는 모니터의 사진만 망연히 바라보고 있었다.

구본용
인천

'보여주려 하지 말자. 부끄럽고 힘들고 괴로웠던 일, 지금처럼 벽 앞에 놓인 것 같았던 일부터 풀어보면 어떨까.'

죽이 되든 밥이 되든, 일단 쓰기로 했다. 돌아보면 힘들지 않은 적도 없었고, 또 즐겁지 않은 적도 없었다. 마음을 어떻게 먹느냐에 따라, 힘듦과 즐거움을 오갈 뿐이었다. 본용 씨는 물 양이나 불의 세기가 정확하지 않아도 밥솥을 올리고 불을 켜기로 했다. 죽도 밥도 모두 음식이고, 내 몸의 영양을 공급할 것이므로. 그리고 내 앞에 닥친 벽을 넘어가려고 애쓸 필요도 없다고 생각했다.

'그래, 벽을 넘지 말고, 벽에다 글을 쓰자. 면벽참선 하듯이.'

글쓰기의 절벽과 마주한 지 한 달, 마치 무슨 깨달음처럼 벽에 글을 새기면 될 것 같다는 생각이 스쳤다. 50년 인생의 가장 큰 절벽이었던 그때 그 일. 이런 생각에 이르자 저도 모르게 손가락이 움직이기 시작했다. 자판을 두드리는 본용 씨의 손은 빠르지는 않았지만 조금씩 속도를 내기 시작했다. 20년 넘게 뚝심 있게 다니던 직장을 어렵게 정리하고 이직해 간 새 직장에서 한 달 만에 권고사직을 당한 장면이 눈앞에 선명히 떠올랐다. 그때의 기분이 그대로 손가락 끝에 전달되었다.

그 기분은 억울함만으로 설명할 수 없는 여러 감정이 뒤섞이고 쌓인 것이었다. 인생 50에 처음으로 소위, '잘리는' 경험을 하게 된 것이다. 착, 가라앉은 부드러운 말로 사직을 권했지만 '쫓겨난다'는 말 말고는 그 느낌을 달리 표현할 수 없었다. 자서전의 목적이 여럿 있겠지만 본용 씨에게 자서전은 이제, 자기 자신과 제대로 마주하기 위한 글쓰기가 되었다. 그렇기에 삶의 마디마디에서 겪은 일, 벽이거나 창이거나 문이거나, 아무것도 없는 바람 부는 들판이라도 그것을 먼저 오롯이 기록하기로 했다.

회사에 사표를 내는 사람이나 사직을 당하는 사람은 하루에도 엄청난 수일 것이다. 그런 사람들 중에 하나였지만, 그래도 새해 첫날, 사직서에 사인을 한 사람이 몇 명이나 될까? 본용 씨는 그 일을 당하면서도 회사를 대신해 사직 서류를 내밀던 직장 동료에게 측은지심마저 느꼈던 것이 떠올라 쓴웃음을 지었다. 결코 일어날 것 같지 않았던 일, 일어나지 않기를 바랐던 일을 당했지만, 본용 씨는 며칠 지나지 않아 이를 현실로 받아들였다.

'엎어진 김에 쉬어 가자.'

지난 일을 아프게 돌아봤자 시간을 되돌릴 수도 무를 수도 없지 않은가. 앞일만 생각하자. 그리고 당분간은

구본용
인천

어떤 생각도 말고, 계획도 세우지 말자. 본용 씨는 머리도 마음도 모두 비우기로 했다. 그렇게 3개월을 흘려 보냈다. 그동안 자신의 옆에는 가족들이 있었다. 바쁘다는 핑계로 함께하지 못했던 시간이 비워진 머릿속, 마음속으로 들어왔다. 뒤돌아 지난날을 괴로워할 겨를도 없이 가족과 함께 즐거운 시간을 보냈다. 충전의 시간을 갖는다는 말이 그냥 상투적인 말인 줄 알았는데, 이렇게 격하게 쉬고 있으니, 그 말이 실감이 났다.

그중에 제일 즐거웠던 일은 아내와 함께한 '백화점 산책'이었다. 22년 동안 일했던 바로 그 백화점은 아니지만, 고객이 되어 백화점을 둘러보는 것은 무엇보다 신기하고 또 신나는 일이었다. 입장을 바꿔 생각해본다는 것이 어떤 느낌인지, 자신의 경우에는 백화점 산책만 한 게 없다고 본용 씨는 생각했다. 백화점의 구석구석을 잘 안다는 것은 단순히 어디에 무엇이 있는지 아는 것 이상이기 때문이었다. 위치만 아는 것이 아니라 구성을 알기 때문에 물건을 사지 않더라도 여행하는 것과 같은 재미를 느낄 수 있었다.

그렇게 하루하루 흐르는 시간에 몸을 얹고 있을 때, '퇴사학교'라는 곳에서 연락이 왔다. 선수는 선수를 알아보는 것일까? 22년 경력의 퇴사자로서 퇴사를 준비하거나 앞둔, 또 느닷없이 맞닥뜨릴 사람들에게 강의를 해 달라는 제안이었다. 본용 씨는 그들에게 선배 퇴사자로서 자신의 경험을 들려주며 워크숍 형식의 강의를 진행했다. 강사인 본용 씨 자신의 경험을 반면교사 삼아 신중하게 판단해 준비하고 대비하라는 것이었다. 거기에 더해 여러 정보와 지식을 서로 제공하고 토론하는 워크숍 방식이었다.

퇴사학교의 강사를 시작으로 본용 씨의, 이른바 'N잡러' 생활이 시작되었다. 계획한 것은 아니었지만 피해 갈 수 없는 일이었다. 본용 씨에게는 그랬다. 충전을 핑계로 마냥 쉴 수는 없었다. 생계에 대한 부담감도 있었지만 그보다는 인생 하프타임의 모색이라는 의미가 더 컸다. 금전적 대가에 상관없이 여러 상황에 맞닥뜨려 다양한 일을 해보는 것은 돈으로도 살 수 없는 소중한 경험이었다. 퇴사학교의 강의는 물론, 22년 동안 쌓아온 경영과 홍보 등 자신의 노하우가 필요한 곳에서 부르면 달려가 컨설팅을 하면서 프리랜서의 진면목도 유감없이 발휘했다. 그 외에도 참여와 배움, 그리고 만남이라는 형식으로 모색의 시간을 그해 9월까지 가졌다.

여기까지 바빠 손가락을 움직이다가 본용 씨는 잠시 어

구본용
인천

깨를 펴고 등받이에 몸을 기댔다. 느닷없이 20대의 자신이 눈앞에 떠올랐기 때문이었다. 거기엔 젊은 본용 씨가 테이블을 가운데 두고 아름다운 여자 앞에 앉아 있었다. 두 사람 앞에 놓인 찻잔에서는 따뜻함이 피어오르고 있었다. 20대의 본용 씨는 안절부절못하는 모습이었다. 이를 보는 50대의 본용 씨는 빙그레 미소를 지었다. "그림 같은 시절." 저도 모르게 혼잣말이 흘러나왔다.

그녀 앞에서 20대의 본용 씨는 열심히 뭔가를 설명하고 있었다. 그녀는 슬며시 웃으며 듣고 있었다. 50대의 본용 씨는 지금도 생생한, 자신의 목소리와 그녀의 웃음소리가 귀에 울려 마음이 따뜻해졌다. 어제의 소개팅에 못 나온 이유, 그럼에도 삐삐 메시지를 보내 오늘 만나자고 한 이유를 제 나름대로 두서 있게 설명하고 있었지만, 그녀에게는 두서없는 말이었다. 그럼에도 알았다는 듯 빙긋 웃어 보였다. 어떤 번역기를 거쳐 그 말이 그녀의 귀에 들어간 모양이었다.

그 뒤 그녀의 대답은 행동으로 옮겨져 자신의 옆자리를 본용 씨에게 선뜻 내주었다. 함께 데이트를 하고, 여행도 가고, 어떤 슬픔에는 격려와 위로를 보내고 어떤 기쁨에는 환호와 맞장구를 하며, 두 사람은 둘 사이의 거리를 점점 좁혀갔다. 한 차례 헤어지는 아픔을 겪었지만 곧 다시 만나는 것으로 아픔을 치유했다. 그렇게 사이를 좁혀 이제, 백화점 산책을 함께하는 사이가 된 것이었다. 아이들의 얼굴도 양가 부모님의 얼굴도 떠올려보는 본용 씨. 거기엔 어떤 불행도 슬픔도 끼어들 수 없을 것 같은 단단한 행복이 자리하고 있었다.

본용 씨는 눈을 감고 떠오르는 얼굴을 찬찬히 살펴보다가, 화들짝 놀라 눈을 떴다. 의자 등받이에 기대고 있던 몸도 자판 앞으로 숙여졌다. 눈앞에는 다시 화면 보호기가 작동하고 있었다. 자판을 눌러 쓰고 있던 글을 띄웠다. 다행히 파일은 날아가지 않았다. 자세히 보니 날아가지 않았을 뿐만 아니라 조금 전 떠올랐던 장면들이 하나하나 글로 표현되어 있었다.

'오, 신이시여!'

꿈은 아니었다. 본용 씨는 '컨트롤' 키와 '에스' 키를 여러 번 눌렀다. 저장하지 않으면 파일이 바로 날아갈 것 같았다. 하지만 그런 일은 일어나지 않았다. 화면 속 커서는 끝 문장의 온점 바로 뒤에서 깜박이며 본용 씨의 손가락을 기다리고 있었다. 본용 씨는 길게 숨을 들이마시고 천천히 자판을 눌러나갔다.

본용 씨는 실직 첫해의 여름도 되기 전에 이미 '실직'이라는 말이 무색할 만큼 여러 일과 활동을 이어나갔다. 컨설팅을 하러 간 회사의 제안으로 잠시 취업 아닌 취업을 하기도 했다. 하지만 이런 활동보다 정말 중요한 일이 회사가 아닌 마을에서 기다리고 있었다. 회사를 다니던 지난 22년 동안 본용 씨에게 집과 마을은 하루 일을 마치고 쉴 수 있는 휴식의 공간이었다. 직장이 너무 멀어 2시간 넘게 걸려 출근할 때는 잠자는 곳, 베드타운일 뿐이었다.

하지만 지금 그에게 마을은 단순히 잠자고 쉬는 공간, 가족들이 함께 거주하는 공간을 넘어섰다. 그가 마을 일에 뛰어든 것도 실직이라는 상처를 치유하면서 자연스럽게 생긴 가치관 때문이었다. '내가 있는 곳에서 최선을 다하자'는 생각을 하게 되면서 마을이 건물과 시설물로 채워진 공간이 아니라 사람들이 살아가고 관계 맺는 공동체로 보이기 시작했던 것이다.

본용 씨는 마치 연애하는 마음으로, 마음에 딱 맞는 동아리를 찾은 대학 신입생의 마음으로 마을 일을 시작했다. 주민자치회, 주민참여예산위원회, 마을교육공동체 등의 활동을 하면서 뜻 맞는 세 명이 뭉치게 되었다. '삼인행필유아사三人行必有我師'라 했듯이, 본용 씨 등 세 명은 서로가 서로의 스승이 되어 마을 일을 해나갔다.

생각이 바뀌면 세상도 달리 보인다는 말처럼 그동

안 직장으로 가는 길만 보였던 마을이었는데, 이제는 눈을 감고도 어디에 무엇이 있고, 또 어떤 문제와 해결 방안이 있는지, '감'을 잡게 되었다. 마을 일을 하면서 여러 가지 성과를 냈지만 무엇보다 기뻤던 것은 마을 도서관을 열었던 일이었다.

사회적기업에서 마을기업까지 작지만 촘촘하게 마을 활동을 이어오다 2020년, 나뭇잎에 한껏 물이 들 때쯤, '청라사랑마을도서관'을 열었다. 코로나19가 막 기세를 올리기 시작할 때라 대대적인 행사는 하지 않았지만 작은 도서관의 큰 의미를 새기는 조촐한 개관식을 했다. 청라 지역에서 도서관 접근이 상대적으로 어려운 곳에 생긴 작은 도서관. 책이 없는 방에 책을 놓는 심정으로 추진한 도서관은 바깥에서 보면 별것 아닐지 몰라도 지역에 꼭 필요한, 마을 활동의 의미에 맞춤한 도서관이었다.

본용 씨는 주민자치회, 마을기업 등 마을 활동을 하면서 다른 한편 계속해서 재취업의 문을 두드렸다. 본용 씨에게는 그것이 바로 생애전환 활동이고 마을 활동의 지속성을 갖게 하는 토대였기 때문이다. 그래서 예전 직장과 유사한 곳의 문은 두드리지 않았다. 이미, 본용 씨는 마을 활동과 생애전환 문화예술학교 등의 프로그램을 통해 새로운 직업관이 생겼기 때문이다.

그가 선택해 문을 두드린 곳은 마을 활동과 연관성이 깊은, 지역에 기반을 둔 공기업이었다. 그중 몇 곳의 문이 열렸고, 본용 씨는 인천 서구의 한 공기업에 들어가게 되었다. 22년의 직장 생활이 재취업의 가점 요인이기도 했지만 무엇보다 지난 3여 년의 활동, 특히 마을 활동이 재취업에 성공하는 데 크게 작용했다고 본용 씨는 짐작했다.

본용 씨의 자서전은 인생의 전반전에서 일단 끝을 맺었다. 아직은 미완성인 하프타임의 자서전. 재취업한 직장에서 창밖을 내다보면 아시안게임이 열렸던 축구 경기장이 큼직하게 보였다. 아시안게임 당시 특별석이었던 곳이 이제는 본용 씨의 자리이다. 그곳에서 내려다보는 축구장은 마치 본용 씨의 지난 3년, 인생의 하프타임처럼 비어 있었다.

그러나 본용 씨의 눈에는 지난 3년 동안의 충전과 모색, 그리고 걱정과 희망이 한꺼번에 뒤섞인 활동이 거기에 새겨져 있는 것처럼 보였다. 잠시, 축구화를 벗고 후반전을 기다리는 축구선수의 마음을 되새길 겸 본용 씨는 오늘 처음 자전거를 타고 출근을 했다. 딸아이가 타던 분홍색 프레임의 자전거는 세상에서 가장 멋지고 예쁜 색을 뽐내며 주차장에서 본용 씨의 퇴근을 기다리고 있다.

흔히들 인생을 길에 비유한다. 큰길이든 작은 길이든 아니면 들길이든 산길이든, 길 위에 있는 사람은 행복한 사람이다. 길 끝에서 벼랑이나 절벽을 만나면 불안해진다. 그리고 멈춰 서서 생각한다. 불안은 길이 막혔기 때문에 느껴지는 것이 아니다. 벼랑을 타고 넘어가면, 절벽을 어떻게든 내려가면 길이 다시 이어질까? 이어진다는 확신이 있다면, 아마, 포기하지 않고 넘거나 내려갈 것이다. 하지만 그게 이 길의 끝이라면 어떻게 해야 할지 막막해진다. 인생의 길은 돌아갈 수 없으므로 어떻게든 가야 한다. 그럴 때 방법은 하나일 것이다. 더디더라도 힘들더라도 길을 만들어가야 한다는 것.

인생의 하프타임에서 본용 씨는, 그동안 아내와 아이들, 부모님과 친구, 동료들에게는 어른이었을지 모르겠지만 정작 자신에게는 그렇지 못했던 것 같다는 생각이 들었다. 그리고 3년 동안의 하프타임을 보내면서 이제야 어른이 되어간다는 것을 느꼈다. 나를 마주하고 나를 오롯이 나로 바라보지 않고 살아온 것이 아닌가 하는 생각도 들었다. 누군가의 남편이고 아빠이고 아들인 삶

구본용
인천

이 덜 소중하다는 것은 아니었다. 그럼에도 거기에 더해, 아니 무엇보다 먼저, 거울을 마주보는 것처럼 자신과 제대로 대면하지 않은 것이 못내 아쉬웠다. 그렇지만 이제라도, 아니 벌써, 진정한 어른이 된다는 것은 자신 앞에 놓인 벽을 스스로 판단해, 넘거나 돌아가거나 부숴야 하는 일임을 알게 되었으므로, 다행이었다.

본용 씨는 이제 막, 인생의 후반전에 돌입했다. 100세 시대라는 요즈음, 나이도 딱 그 절반을 넘었다. 처음 내딛는 걸음은 아니지만 조심스럽고, 그래서 그만큼 벅차다. 그 마음을 '다시 처음'이라고 새기며, 후반전을 뛰다가 지칠 때마다 꺼내 볼 작정이다. 전반전은 체력으로 지나왔다면, 후반전은 '다시 처음'과 자주 대면하며 뛸 것이고 이미 뛰고 있다.

본용 씨는 이제, 명함을 갖고 다니지 않는다. 내 이름 이외의 어떤 것에 의존하거나, 남들에게 위력을 발휘하고 싶지 않아서이다. 진정한 어른이라면 자신을 내세울 수 있는 것은 자신의 이름밖에 없음을, 그러해야만 함을 50년 만에, 일찍, 제대로 깨달았기 때문이다.

김순복

해남

김순복 님은,

해남에서 유기농 농사를 지으면서, 그림을 그리고 시를 쓰고 있다. 청주에서 태어나 자랐고, 청주, 서울에서 직장 생활을 했으며, 결혼과 함께 해남에서 농촌 생활을 시작했다. 딸들이 선물한 72색 색연필과 스케치북을 계기로 신중년의 나이에 본격적으로 그림을 그리기 시작했다. 〈한살림신문〉에 '농촌생활화'를 연재함으로써 어렸을 때부터 꿈꾸던 화가로서의 삶을 이루었다. 행촌미술관의 개인 전시회를 시작으로 서울시청 시민청에서 세 번째 전시회까지 여는 등 왕성한 작품 활동을 해오고 있다. 농촌의 삶을 진솔하게 표현한 시와 그림을 함께 담은 시화집 『농촌 어머니의 마음』(황금알, 2018)을 발간, 글로써 그림을 그리는 시인의 면모도 보이고 있다.

그이가 참여한 프로그램은 전남 생애전환 문화예술학교 〈우아한 오춘기, 슬명슬명학교〉 〈이야기 장터: 버리지 못한 놀선선〉(2021)이나.

세상에 하나뿐인 갤러리

마음은 참 이상했다. 창고 같은 방을 청소하고 정돈하는 데, 마음 한쪽에서는 굳이 이것들을 모두 들어내고 새로 꾸며야 하나 싶었다. 아들이 독립해 나간 뒤 그 방은 안 쓰는 물건이나 비 맞으면 안 되는 도구를 넣어두는 창고로 변해갔다. 수확한 감자나 양파, 마늘 등이 들어앉기도 했다. 하지만 필요한 것, 내다 팔아야 하는 것은 모두 거기에서 빠져나오고 결국 몇 년째 쌓여온 것은 잡동사니뿐이었다.

그런데 그것들이 들려 나오는 모습을 보니 마음 한 구석이 짠했다. 잡동사니라고 뭉뚱그려 부를 수 없는 것들, 가령 아들이 쓰던 손때 묻은 물건은 내다 버리기가 주저됐다. 그렇다고 그 물건이 딱히 쓸데가 있는 건 아니었다. 하나하나 살펴보면 다 사연이 있고 한때 잘 쓰이던 물건인데, 그것들을 내다 버리려는 자신이 매정하다는 생각도 들었다.

생애전환 문화예술학교 선생님에게서 방을 치우는 걸 도와주러 온다고 연락이 왔을 때는 정말 기뻤다. 순복 씨는 그 방을 치우고 거기에 아담한 작업실을 만들고 싶었다. 그동안 그렸던 그림도 잘 모아서 보관하고, 좁지만 벽면 가득 자신이 그린 그림을 걸어놓고 싶었다. 몇 번의 전시회에서 걸었던 그림만 해도 수십 점이 넘어서 이제는 제대로 보관하기조차 어렵기 때문이었다.

그런데 막상 선생님들이 와서 방 안의 물건들, 특히 아들이 쓰던 물건을 꺼내자, 마음 한구석이 아릿했다. 시원섭섭하다는 말을 이럴 때 쓰는 것인지는 모르겠지만, 섭섭함 이상인 것은 확실했다. "낮이면 들일에 부대끼고/ 밤이면 집안일에 부대끼며/ 텔레비전 연속극/ 배우 얼굴에 자식 얼굴 겹쳐 보"는 순복 씨는 "함석지붕 두드리는 빗소리에" 자식들에게서 오는 "전화벨 소리 묻힐세라/ 귀 여겨 뒤척이는/ 어머니"(김순복, 「비 오는 밤」, 『농촌 어머니의 마음』, 황금알, 2018. 이하 같은 책)이기 때문이었다.

그래도 바쁜 시간을 쪼개 한나절 꼬박 걸리는 일을 도와주러 온 선생님들의 마음이 고마워, 순복 씨는 구름처럼 뭉게뭉게 피어나는 생각을 얼른 흩뜨려버리고, "김치 썰고 파 썰어/ 밀가루 부침개"(「봄비 오는 날」)라도 대접해야 할 텐데, 하는 생각을 거기에 채웠다. 자신보다 더 자주 방 안팎을 들고 나는 선생님에 뒤질세라 순복 씨도 발을 재게 놀렸다.

순복 씨는 생애전환 문화예술학교라는 프로그램에서 선생님들을 만났을 때를 떠올렸다. '한살림' 활동을 하면서 생산자로서 교육을 받은 적은 있지만, 인문학이나 취미와 관련된 프로그램에 참여해본 적은 한 번도 없었다. 그도 그럴 것이, "삭신이 빠지도록" "땡볕에 나서" 농사짓고 아이들 키우고 "집 얻어 장가보내고 시집보내고"(「시골 어머니」) 하느라 시간도 없었을 뿐만 아니라 동네를 벗어나 먼 곳까지 매주 한 번 이상 나가는 것은 여간 번거로운 일이 아니었다. 그렇다고 딱히, 뭔가를 배워야겠다는 마음도 들지 않았다.

그런데 '한살림' 활동을 같이하고 있는 선생님이 해남읍까지 나가지 않아도 되는, 10분 거리에 있는 공방에서 진행하는 프로그램이라며 순복 씨에게 참여를 권유했다. 읍내까지 가지 않아도 된다는 것과 잘 아는 분의 권유도 있고, "밤에 목말라도 물 떠다 줄 이 없는 외로움에/ 맨숭맨숭 날밤을 새울 때가 많"(「시골 어머니」)아, 옆 동네 마실 나간다는 마음으로 생애전환 문화예술학교 프로그램과 만나게 되었다.

아무 준비 없이 몸만 오면 된다는 얘기를 듣고 나갔는데, 정말 준비할 것이 없었다. 아니, 준비하려 해도 준비할 수가 없었다. 그저 매 시간마다 선생님들이 준비한 활동을 하면 되었다. 그런데 분명 시키는 대로만 하면 되는데, 힘들었다. 몸이 힘든 건 농사짓는 사람으로 충분히 감당할 수 있는데, 몸이 아니라 마음이 힘들었다. 지난 일들, 주로 감추고 싶은 이야기를 끄집어내고, 또 같이 참여한 사람들에게 말해야 하는 일이 상처 위에 소금 뿌리는 것처럼 힘들고 때론 쓰라렸다.

사람들은 대부분 힘든 일, 지나온 일을 잊기 위해, 드라마도 보고 술도 마시고 하는데 이 프로그램은 자기 자신을 돌아보고, 애써 잊으려 했고 잊힌 일을 다시 끄집어내야 하는 일이, "허옇게 말라죽은 농작물을 보며/ 가을에 갚을 영농자금이/ 태산같이 답답하게 가로막"(「건강하기만 하면」)은 것처럼 느껴졌다.

처음 몇 회는 그래서 성가시기도 했고, 마음이 불편했다. 5, 6회에 접어들 때부터 나를 발견하는 게 왜 필요한지, 내 꿈은 무엇인지, 무엇을 하고 싶은지, 언제 나는 살아 있다고 느끼는지, "호미 몇십 개 닳아진 만큼/ 새살이 늘 돋아나는" "쇠붙이라면 벌써 달아졌을 손"(「사람

김순복
해남

손」)처럼, 사는 일에 늘 새살 돋는 물음으로 자신과 마주하는 프로그램이란 것을 느끼게 되었다.

순복 씨가 본격적으로 그림을 그리기 시작한 것은 남편과 사별한 10여 년 뒤, 아이들 모두 키워 결혼시키고 독립시킨 다음이었다. 혼자 해남 집을 지키며 농사짓는 어머니를 위해 셋째 딸이 72색 수채 색연필을, 둘째 딸이 스케치북을 선물했을 때부터였다. 순복 씨는 늘, 자식들에게, 엄마는 언젠가 그림을 제대로 그릴 거야, 했고, 손주들에게도, 할머니는 환갑 때는 화가가 될 거야, 했다.

청주가 고향인 순복 씨는, 어렸을 때부터 그림 그리는 것을 좋아했다. 그냥 좋아하는 차원이 아니라 집착하다시피 했다. 거의 온종일 연필을 손에 쥐고, 종이란 종이에는 죄다 그림을 그려댔다. 당시 전매청(한국담배인삼공사의 전신)에 다니던 아버지가 퇴근 때 가져다주는 담배 종이는 어린 순복에게는 종이가 귀한 시대임에도 끊이지 않고 제공되는 도화지였다. 그런 시절이었다. 화가 이중섭이 담뱃갑 은박지에 그린 은지화銀紙畵가 나왔던 시대에서 그리 멀지 않은 시대였다.

하지만 그림 그리고 싶은 마음이 가난을 이길 수는 없었다. 순복 씨는 초등학교 시절, 그림으로 상도 여러

번 탔지만 어머니뿐만 아니라 주위에서 누구 하나 응원
해주는 사람이 없었다. 그림 그리면 가난하게 산다, 그림
에서 밥이 나오니 쌀이 나오니, 하는 소리가 그림 잘 그
린다는 말에 꼭 이어 붙었다.

순복 씨가 그림을 포기한 것은 중학교 때였다. 남들
이 뭐라거나 말거나, 어머니의 지청구가 쌓이거나 말거
나 그림을 계속 그리고 싶은 마음에 미술반을 찾았다. 하
지만 거기서 그리는 것은 자유로운 그림이 아니었다. 석
고상을 놓고 눈앞에 연필을 들어 계산을 해가며 그리는
데생이었다. 그래야 대학도 가고 화가도 된다고 했지만,
순복 씨는 숨이 턱, 막혔다. 결국, 이유야 어떻든 어머니
바람대로 될 수밖에 없었다.

순복 씨는 고등학교에 진학하지 못했다. 아버지가
정년을 맞았지만, 어머니가 잡화상을 해서 끼니 걱정은
없는 생활이었다. 끼니 걱정하는 집이 부지기수일 때였
으므로 그런 가난은 가난도 아니었다. 하지만 5형제의
셋째였던 순복 씨는 중학교 졸업과 함께 공장으로 진학
해야 했다. 라디오를 만드는 전자 회사에서 밤 9시까지,
연필 대신 인두를 들고 납땜을 했다. 큰아이가 아픈 것도
그 일 때문이 아닐까, 자책 아닌 자책을 하며, 순복 씨는
지금도 "캄캄한 밤이 와도" "쉬지 않고" "자식을 위하여

빌"(「농촌 어머니의 마음」)고 또 빌었다.

　　순복 씨가 납 연기 속에서 벌어 온 월급은 살림에 보탬이 되었을 뿐만 아니라, 동생들도 공부시켜 대학을 보냈다. 그렇다고 순복 씨가 공부를 포기한 것은 아니었다. 그동안 청주여고 부설 방송통신고등학교에 다녀서 고등학교 졸업장을 땄는데, 그것으로도 해소하지 못한 배움의 열정은 회사에 다니면서 틈틈이, 밤잠을 줄여가면서 책을 읽는 것으로 대신했다. 책방에 갈 시간이 없었던 순복 씨는 월부 책장수에게 주문해 세계문학 전집을 열심히, 재미있게 읽었다.

　　순복 씨는 그때 읽은 책이 지금 시를 쓰고 글을 쓰는 밑바탕이 된 게 아닌가, 생각했다. 언젠가 아들이 보내준 큰 출판사의 세계문학 전집 100권 목록에서 읽은 것을 표시해본 적이 있었다. 현대문학 30여 권을 제외한 70여 권을 읽었다는 것을 알고 아들도 놀라워했다. 거기에 더해 "농사짓는 학교"에서 "하늘이 일러주고 땅이 가르친/지혜" "삶의 완성은 흙같이 순해 보이는 것"(「학위수여」)은 석사·박사를 해도 학교에서는 배우지 못한다고 순복 씨는 확신했다.

　　청주에서 전자 회사를 다니며 20세를 넘긴 어느 해, 친척 오빠의 권유로 서울에 있는 도자기 공장에 취직을 하게 되었다. 그림을 곧잘 그렸고 여전히 화가를 꿈꾸던 순복 씨는 어지러운 납땜 연기를 벗어나는 것만으로도 좋았지만 그림을 그리고 돈을 번다는 게 여간 마음에 쏙 드는 일이 아닐 수 없었다. 더욱이 서울로 올라간다니, 마음마저 설레었다.

하지만 20여 명이 한곳에서 복작이는 서울 생활은 녹록지 않았고, 도자기 공장에서는 성형되어 나온 도자기 인형의 한 부분만 계속 칠하는, 붓을 든 기계였을 뿐, 어떤 일도 그림 그리는 것과는 상관이 없었다. 그렇게 몇 년을 지내다가 친구의 오빠를 만났다. 대림동 성당을 다녔으니 말 그대로 교회 오빠였다.

서울에서 대학도 나오고 직장도 다니던 친구 오빠는 서울 생활을 어려워했다. 그도 그럴 것이, 생각은 늘 고향 땅에 가 있었다. 고향을 그리워하는 마음도 있었겠지만 사고방식이 그랬다. 가령 10만 원이란 돈이 어느 정도인지 짐작할 때 보통 노트가 몇 권, 짜장면이 몇 그릇이라고 계산하는데, 그는 나락이 몇 섬, 콩이 몇 말로 가늠하는, 천생 농부였다. 젊은이들은 어떻게 해서든지 농촌을 벗어나 도시로, 도시로 몰려갈 때였다. 귀농이라는 말은 있지도 않을 때였다.

친구 오빠, 그러니까 남편의 집은 해남이었다. 고속

도로가 사방팔방으로 뚫린 요즘도 서울에서 가려면 자동차로 쉬지 않고 달려도 5시간이 넘게 걸리는, 말 그대로 한반도 끝자락, '땅끝마을'이었다. 남편이 마음에 들지 않았다면, 자연을 좋아하는 마음이 없었다면 엄두도 내지 못할 일이었다. 아궁이에 불 때고, 물 긷고, 빨래터에 가서 빨래하고, 농사일에는 기계는커녕 호미와 낫이 주요한 농기구였다.

거기에 홀로된 시어머니와 남편, 그리고 여덟 명의 시동생과 함께 농촌살이, 시집살이를 시작했다. 아무리 자연을 좋아하는 순복 씨였지만, 고생이 말이 아니었다. 고부갈등이니, 시동생이 밉다느니 하는 말은 편한 투정에 가까웠다. 일만으로도 뼈가 빠질 지경이었다. "새벽 네 시에 일어나 밥하고 빨래하고/ 동트기 무섭게 산에 올라가 고사리 끊어내고/ 점심 먹으러 가다가 고추밭 살펴보고/ 하루라도 짬나면 품 들러 가고" "손발이 몇 개씩 되는 것이 원"(「농촌 여자의 힘」)인 삶을 순복 씨는 그렇게 수십 년 살아왔다.

그런 삶을 견뎌온 힘은 이 삶이 지나고 익숙해지면 언젠가 그림을 그리겠다는 생각과 아이들이었다. 큰애가 아팠지만, 돌보느라 고생이 이만저만 아니었지만, 아이들 크는 재미에 힘들지 않았다. 같은 빨래를 해도 아이들

빨래는 아무리 쌓여도 하나도 힘들지 않았다. 그 아이들이 자라 어머니의 환갑을 챙겨줄 때는 세상 가진 사람도 하나 부럽지 않았다. 남편이 환갑도 치르지 못하고 떠났기에 그 생각으로 마음이 무거웠지만 남편 몫까지 합쳐 60세 버킷리스트를 완성했다.

이미 자식들에게 공언한 대로 화가가 되어 책도 냈다. 그리고 제일 좋은 호텔에서 묵었고, 제일 높은 건물에 올라가보았다. 또 모든 가족이 모여 멋진 스튜디오 사진을 찍었다. 그 사진은 방에 큼지막하게 걸려 혼자 지내는 농촌살이의 외로움을 덜어주었다. 그 사진 속, 아이들과 손주들, 사위들이 환하게 웃는 얼굴을 보면 그동안 고생은 고생이 아니라 꿀 떨어지는 추억이라고 순복 씨는 생각했다.

만약 남편이 살아 있었다면 어쨌을까, 하는 생각을 순복 씨는 가끔 해봤다. 그랬다면 남편이 앞서서 일을 만들고 자신은 그저 그 일을 해나갔을 뿐이었을 것이다. 한살림 생산자 조합원으로 가입한 것도 남편이었다. 농업 생산자 조합이 무엇인지 알지도 못했고, 그저 남편의 생각을 따랐을 뿐이었다. 가입 후 얼마 지나지 않아 갑작스레 남편이 세상을 떠나자 막막하지 않았던 것은 아니었다. 하지만 아이들이 아직 자라고 있었고, 땅은 하루도 돌보지 않으면 잡초밭이 되기 때문에 슬퍼만 할 수가 없었다.

순복 씨를 요즈음 만난 사람들은 순복 씨가 내성적인 성격이었다는 것을 이해 못 한다. 남편이 떠나기 전까지는 대부분의 또래 여성들이 그랬던 것처럼, 여자는 얌전해야 한다는 사회적 통념을 따랐다. 어렸을 때 아버지는 여자가 소리 내는 것을 지극히 싫어했다. 그런 영향으로 순복 씨는 의견이 있어도, 지혜가 있어도 모두 남편을 통해서 드러냈을 뿐이었다. 남편이 떠났을 때 주위 사람들은 순복 씨가 혼자 농사를 짓는 건 고사하고 아마, 마을을 뜰 것이라고 이야기들을 했다.

하지만 살아온 힘으로 살아지게 되는 게 또 사람이었다. 그 이후, 동네 사람들은 너나없이 순복 씨가 그렇게 용기 많은 사람이었는지 몰랐다고 입을 모았다. 해야 할 일을 하는 게 용기라면 어려울 것도 힘들 것도 없을 것 같았다. 운전도 못 하던 순복 씨가 운전면허를 따고, 작은 트랙터도 하나 장만했을 때에는 세상의 어떤 난관도 헤쳐나갈 것 같았다. 하루 종일 걸리던 일이 트랙터로 몇 시간 만에 끝날 때는 마치 세상을 구하는 로봇을 운전하는 기분이었다. 그렇게 혼자서 아이들을 키우고 공부시켜 모두 분가시키고 이제 해남 집에는 혼자 살게 되었다.

하지만 외롭다는 생각은 크게 들지 않았다. 마침 아이들이 선물한 72색 색연필과 스케치북이 있었으므로, 트랙터를 운전하며 밭을 가는 것처럼, 본격적으로 그림을 그리기 시작했다. 선생님이 없어도 좋았다. 아니, 없어서 좋았다. 순복 씨는 자유롭게 그리는 그림이 정말 좋은 그림이라고 생각하기 때문이었다. 신문이나 잡지에 있는 그림을 그대로 똑같이 그려보는 것으로 연습을 해나갔다. 그 그림을 나만 좋아라, 간직했으면 순복 씨는 아마, 화가가 되지 못했을 것이다. 그 그림을 '한살림' 활동을 같이하는 주위의 지인들에게 보여주며 자랑한 것이 화가의 길로 들어서는 출발점이었다.

그림을 본 '한살림' 동료들이 전국 한살림 회의 때 자기 일처럼 자랑을 했다. 그리고 얼마 뒤, 〈한살림신문〉의 편집자가 땅끝까지 순복 씨를 찾아와 신문 연재를 의뢰했던 것이다. 그래서 생산자 소식을 겸해 한 달에 한 번 신문에 '농촌생활화'와 글을 연재했다. 그렇게 해서 동네 사람들이 모두 그림 속으로 들어왔던 것이다.

연재된 그림을 본 큐레이터가 전화해와 전시회도 하고, 텔레비전 프로그램에도 몇 차례 나갔다. 전시회를 준비하며 그린 그림이 모두 100여 점이 넘었다. 해남, 목포, 그리고 서울시청에서 전시회가 열렸고, 목포에서 열린 전시회에는 그림의 모델인 동네 사람들이 버스를 대절해 구경을 왔다. 전시회를 보러 왔던 다른 사람들이 그림과 동네 사람들을 번갈아 보며, 그림 속 사람들이네, 했을 때는 모두 웃지 않을 수 없었다.

끝날 것 같지 않았던 방 정리가 얼추 마무리되었다. 지금까지 창고나 진배없었던 방이 마치 꽃가루를 뿌려놓은 듯이 빛이 났다. 방의 벽면에는 〈속담 연작〉 등, 전시회에서 걸었던 그림을 가득 걸었다. 그렇게 해서 세상에 하나밖에 없는 '김순복 갤러리'가 탄생했다. 흩어져 있던 그림 도구를 모아 작업대 옆에 두고, 걸지 못한 그림은 그림 보관용 서랍에 넣어두었다. 그리고 무엇보다 좋은 것은 제습기를 설치한 것이었다. 종이에 그린 색연필화는 습도에 금방 상하기 때문이었다.

　순복 씨는 이곳 작업실에서 그동안 생각만 해오던 물감 그림을 그려볼 요량이었다. 특히, 유화에 도전해볼 생각이었다. 큐레이터나 주위 사람들은 유화 그리기를 말렸다. 그리기도 어렵고, 방법도 알지 못하기 때문에 색연필화처럼 순복 씨의 개성을 드러내기 힘들 것이라는 게 이유였다.

　하지만 순복 씨는 생각이 달랐다. 색연필 그림도 누

구에게 배우지 않은 것처럼 유화도 누군가에게 배워 어설프게 흉내 내는 것이 아니라 자신의 방식대로 자유롭게 그리겠다는 것이었다. 예술은 자유로워야 한다는 것이 순복 씨의 예술관이었다. 비록 시행착오를 겪을지 몰라도 그 과정이 바로 예술이 아닐까, 했다.

순복 씨가 석고상 그리기를 거부한 것도, 아무에게도 배우지 않고 신문과 잡지의 그림을 따라 그린 것도, 그림 그릴 때만큼은 한없이 자유롭고 싶어서였다. 이렇게 스스로 배운 기법으로 동네 사람들을 그릴 때는 자신도 행복했고, 그림 속의 동네 사람들도 즐거워했다.

언젠가 순복 씨는 초등학교에서 특별 선생님으로 초청받아 아이들에게 그림을 가르친 적이 있었다. 그런데 아이들에게 순복 씨 그림을 몇 점 보여주며 그대로 그려보라고 하는 것이 아니겠는가. 순복 씨는 손사래를 치고, 자신의 그림을 거두었다. 그리고 아이들에게 마음대로 아무거나 생각나는 대로 그려보라고 놔두었다. 아이들은 정말 마음대로 그렸고, 자신이 그린 그림을 자유롭게 설명했다. 또 거기에 '왜'라고 토 달지 않기로 했다. 자유에는 이유가 없고, 그림이든 시든 노래든 표현만 있을 뿐이었으므로.

김순복
해남

순복 씨는 오늘 하루 일을 끝내고 해거름의 하늘과 맞닿은 푸른 산에 눈길을 주었다. 솟아 있지만 험하지 않고, 그 안쪽의 농토를 품어주는 달마산. 순복 씨가 낯설고 물선 이곳에 내려왔을 때부터 한 아름 품어주고 안심시켰던 달마산은 여전히 거기에서 그 모습 그대로 순복 씨를 다독여주고 있었다. 그 산에 안긴 채, 땅의 사람이 되어 흘린 땀방울을 땅은 열매로 보답해주었다. 순복 씨의 그림에서 사람만큼, 아니 그보다 더 생생하게 그려진 것은 바로 그 농작물이었다.

달마산에서 시작해 산등성이를 따라 완만하게 흐르는 곡선이 순간 꺾였다가 끊어지더니 멀리 남쪽으로 사라졌다. 그 끝에는 사람들이 '땅끝'이라고 부르는 한반도의 가장 남쪽 땅이 있다. 하지만 해남海南이라는 지명처럼 끝은 끝이 아니라 시작이었다. 바다, 수많은 섬을 품은 남해 바다가 거기에서부터 시작되었다. 지금까지 순복 씨를 넉넉하게 품어준 산과 들과 바다, 이제 순복 씨가 그 산과 들과 바다를 그림 속에 담으려 한다. 풍경은 순복 씨를 감싸왔고, 순복 씨는 풍경을 그림 속에 펼칠 것이다.

순복 씨는 그 풍경에 꿈을 새긴다. 세상에 하나뿐인 갤러리를, 언젠가 많은 사람들이 와서 보고, 그림 그리는 프로그램도 참여하고, 농촌 미술 체험도 하는, 아담하지만 제대로 된 갤러리로 만들고 싶다고. 또 꿈꾼다. 유화로 그린 아름다운 풍경화를 순복 씨의 개성 있는 그림으로 선보이고 싶다고. 그리고 글로 그리는 그림, 시도 열심히 써서 두 번째, 세 번째 시화집을 내고 싶다고.

차근차근 준비하며 지내는 순복 씨의 하루는 힘들고 바쁘지만 행복으로 가득 차간다. 꿈은 언제까지나 꿈이 아니어서, "한 생애가 이리 훌륭할 수가/ 비 오거나 바람 불거나/ 둥그렇게 하루하루 견디다 보면/ 어느 인생을 열매 맺지 않으랴"(「호박」) 한다.

김순복
해남

03

박현희

공주

박현희 님은,

공주에서 태어나서 자랐고, 지금도 살아가고 있는, 옥룡동 토박이다. 어렸을 때부터 여자아이들을 이끌고 살구 서리, 딸기 서리를 할 정도로 자칭, 왈가닥인 삶을 살아왔다. 고등학교 때도 얌전한 소녀보다는 친구들의 밤 귀갓길에 함께하는 등 씩씩하고 당찬 여성으로서 자신을 성장시켜왔으며, 대학에 진학해서는 탈춤반 활동을 계기로 우리 사회의 민주화에 관심을 가졌다. 촛불 집회를 통해 만난 현재의 남편과 함께 학원을 운영하며 다양한 사회 프로그램에 관심을 갖고 많은 사람과 소통하고 있으며, 마을 일에도 '평범한 일상을 행복으로 채우려는 마음'으로 나서, 지역사회의 네트워크를 마련하려고 한다.

그이가 참여한 프로그램은 생애전환 문화예술학교 '이짝 워뗘?' 시즌3 〈어쩌다 중년, 예술로 通하다, 세상으로 통하는 나의 무대〉(2021)이다.

그럼, 혼인신고부터 해요

"획—."

소리가 들렸다 싶었는데 이미 그것이 어깨를 때린 뒤였다. 그것은 파란색 옷에 칼자국처럼 선명하게 흰 자국을 남겼다. 이어서 그것은 책상 위 펼쳐놓은 책 위에 떨어졌다.

"툭."

날아올 때와는 달리 짧게 끊어지는 소리를 내며 교과서 위에 자리 잡은 그것은 분필이었다. 쓰다 닳아서 쥐고 쓸 수 없을 만큼 작아진 몽당 분필. 하지만 소녀는 날아온 분필을 내려다보지 않고 손으로 집어서 바닥에 던져버렸다. 그 와중에도 소녀는, 패대기치지 말고 내려놓듯 던지자, 하고 생각했다. 눈도 똑바로 뜨지 않고 약간 숙인 듯이 분필이 날아온 궤적을 쫓는 것처럼 무심하게 칠판을 바라봤다. 거기, 생물 선생님이 있었으나 눈을 맞추지는 않았다.

선생님은 한동안 말이 없었다. 뭔가를 기다리는 눈치였다. 하지만 소녀 역시 그 자세 그대로 시선은 칠판에 고정한 채 아무 말도 하지 않았다. 다시, 몽당 분필이 날아들었다. 이번에는 분필이 알아서 바닥에 떨어졌다. 교실은 한동안 획―, 툭, 하는 소리만 들릴 뿐 고요했다. 적막을 깬 것은 선생님이었다. 아무 일도 없다는 듯이 수업을 이어갔다.

선생님이 화를 낸 이유는 이랬다. 수업 내용과 관계는 없는, 대답하기 난처한 어떤 사안에 대해, 반장, 어떻게 생각해, 하고 물었다. 하지만 반장인 소녀는 대답 대신, 소리는 내지 않았지만, 흥, 하는 태도를 보였다. 그러자 당황한 선생님이 뭐라 하면서 몽당 분필통에서 분필을 꺼내 소녀에게 던진 것이었다.

소녀도 자신의 행동에 당황해하고 있었다. 겉으로는 짐짓 아무렇지도 않은 척했지만 평소와 다른, 새침한 소녀의 모습이라니, 했던 것이었다. 생물 선생님 앞에만 서면 얌전해지거나 새침해지는 자신이 여간 낯선 게 아니었다. 친구들도, 야, 왈가닥, 너 왜 그래, 소녀 같잖아, 했다. 사실, 친구들은 그 이유를 누구보다 잘 알았으므로,

그냥, 놀려먹고 싶을 뿐이었다.

왈가닥 소녀가 생물 선생님 책상에 꽃을 꽂기 시작할 때부터 감히, 누구도 인기투표 부동의 1위인 생물 선생님에게 접근할 수는 없었다. 소녀는 그렇게 선생님과 친해진 줄 알았다. 그런데 오늘 수업에서 선생님은 이상한 질문을 해놓고 대답을 안 한다고 분필을 던진 것이었다. 더욱이 그 분필은 선생님 손에 분필 가루 묻지 말라고 소녀가 정성스럽게 예쁜 포장지로 싸서 놓아뒀던 것이지 않은가. 분필이 닳아 몽당해졌다고 해도, 그렇게 함부로 던져서는 안 되는 것이었다. 소녀는 갑자기 분필 신세가 된 것 같아 온몸의 힘이 쏙 빠져나가는 것 같았다.

그런 생각에 빠져 넋을 놓고 있다가 정신을 차려보니 발아래 교실 바닥에는 몽당 분필이 열 개도 넘게 떨어져 있었다. 휙— 소리도, 툭 소리도 듣지 못할 정도로 넋을 놓고 있었지만, 분필은 열심히 소녀에게로 날아든 모양이었다. 수업 종이 울리자 선생님은 아무 일도 없었다는 듯이 나가버렸다. 소녀는 친구들의 시선을 외면한 채, 분필을 하나하나 주워 모았다. 화는 났지만, 화병에 꽂은 꽃이 아까워서라도 이 일을 수습해야 했다. 무엇보다 그는 선생이고 나는 학생이지 않은가, 하는 마음이었다.

모아둔 분필을 들고 교무실을 찾았다. 꽃 대신 몽당

분필을 든 소녀에게 눈길도 주지 않던 선생님이, 죄송하다는 말과 함께 소녀가 내민 분필을 싼 종이 뭉치는 받아들었다. 그리고 뭐라 뭐라 한참 잔소리를 했지만 소녀는 귀담아듣지 않았다. 꼭 잘못해서 잘못했다고 한 것이 아니라, 이런 상황을 만들어 죄송하다는 뜻이었으므로, 이 어색함에서 벗어나면 그뿐이었다. 이후, 선생님은 언제 분필을 던졌냐는 듯이 예전보다 소녀에게 잘해주었다. 다른 친구들의 부러움과 질시를 한 몸에 받았지만 소녀는 꽃을 들고 학교를 향할 때의 설렘은 조금씩 사그라졌다.

그러다 설렘이 완전히 꺼져버린 사건이 발생했다. 고3 2학기 기말 시험 때였다. 생물 시험 시간, 갑자기 반 친구들이 하나씩 웃기 시작했다. 시험 시간이었으므로 대놓고 웃지 못하고 참으려고 애쓰는 모습이었다. 소녀는 어리둥절해하며 문제를 풀다가 문제의 그 문제와 맞닥뜨리고 말았다. 호박씨의 껍질 속 먹을 수 있는 부분의 명칭을 묻는 문제였는데, 그림과 함께 제시된 예문은 이랬다. "현희가 호박씨를 까서 먹는다. 현희가 맛있게 먹는, 호박씨 껍질 속 이 부분의 명칭으로 맞는 것은?"

소녀는 예문에 자기 이름이 나온 것은 그렇다 쳐도, '호박씨를 깐다'는 부분에서 기겁하지 않을 수 없었다.

그 말뜻을, 그 은어를 모르는 친구는 아무도 없었다. 물론, 학생들 사이에 쓰이는 은어였으므로 선생님은 '내숭을 떤다'는 그 뜻을 몰랐을지도 몰랐다. 소녀는 그 문제를 틀렸을 뿐만 아니라 생물 시험 전체를 망치고 말았다. 공부를 썩 잘한 편이 아니어서 친구들은 눈치 채지 못했겠지만, 분명, 그때 생물 시험은 그 예문 때문에 망친 것은 확실했다.

현희 씨는 가끔, 왈가닥 소녀였던 자신의 고등학생 시절을 떠올릴 때마다 피식 웃지 않을 수 없었다. 지금 기준으로 보면, 그때의 선생님들이 학생들을 얼마나 막 대했는지 판단할 수 있지만, 당시에는 그런 일이 농담처럼 여겨졌던 시절이었다. 당하는 학생의 입장에서도 이런 일을 관심으로 받아들였을 정도였으니.

생애전환 문화예술학교에서 낭독극을 처음 알게 되었을 때, 왜 이 에피소드가 떠올랐는지 현희 씨는 알 수 없었다. 다만, 그때의 일이 기억 속에 고스란히 자리 잡고 있었던 모양이었다. 친구들도 그때의 현희 씨를 기억했고, 만날 때마다 깔깔거리며 웃는 소재로 삼았다. 현희 씨는 능력이 된다면 지나간 자신의 삶을 되짚어본다는 의미에서, 그때의 일을 재미있는 낭독극으로 만들어보고 싶어졌다.

하지만 이제 겨우 낭독극이란 것을 알았으니, 언젠가는, 하는 단서를 붙여 마음속에 묻어둘 수밖에 없는 노릇이었다. 낭독극은 참 쓸모없을 것 같으면서도 묘한 매력을 뿜어내는, 하면 할수록 자신을 돌아보기에 좋은 극이었다. 대학 때 배웠던 탈춤, 즉 마당극이 사회문제를 재미있게, 해학적으로 보여주는 극이라면, 낭독극은 대본만 있으면 혼자서도 할 수 있는, 기본적으로 자신과 마주하는 극이었다.

그런데 문제는 대본이었다. 지나온 삶이 있으므로 이야깃거리는 무궁무진했지만 그것을 대본으로 바꿔 사람들 앞에 내놓는 것은 또 다른 문제였다. 그래서 일단, 뭐, 좀 재미있는 이야기가 없을까, 하는 마음으로 지난날을 돌아보기로 했다. 바로 대본으로 쓰기는 어려웠으므로 일단 혼잣말이라도 해서 녹음해두는 방법을 생각했다. 그러자 지난날의 일이 마치 영화처럼 지나갔다. 거기에 잔뜩 화가 난 어머니의 모습이 보였다.

아침에 출근한다고 나갔던 현희 씨가 경찰서에 잡혀 있다는 소식을 지인으로부터 전해들은 어머니는 한달음에 경찰서로 달려갔다. 어머니가 바삐 걸음을 놀리는데, 마치 자신의 발걸음이 보일러 모터라도 되는 듯이 속에서 천불이 났다. 그 시끌시끌하던 87년, 88년에 대학을 다 녔어도 얌전히 학교만 왔다 갔다 하던 애가 아니었던가. 탈춤 춘다고 춤바람 나서 다니기는 했지만 말썽 한번 부리지 않고 졸업해서 번듯이 회사를 다니고 있는 줄 알았는데, 이게 무슨 사달이란 말인가.

어머니는 천불을 끄려 생각에 생각을 덮었지만 그럴수록 발걸음만 빨라졌다. 집에서 한번도 벗어난 적도 없고 초중고는 물론 대학도 바로 걸어서 10분인 곳으로 다니지 않았는가. 대학생이 구내식당에서 밥 한번 사 먹지 않고 점심때마다 집에 와서 먹을 정도였었다. 직장은 그래도 멀리 가서 잡을 줄 알았더니, 그마저 또 걸어서 10분인 곳이라니. 이런 애가 무슨 잘못을, 절대 그럴 리가 없다, 데모를 했다고 하는데, 아침에 치마를 입고 나간 애가 무슨, 설사 그렇다고 해도, 할 만한 이유가 있으니까 했겠지. 여기까지 생각이 미치자 어머니의 속 불은 조금 누그러졌다.

경찰서 문을 밀고 들어선 어머니의 눈에 현희 씨가 확, 클로즈업되어 들어왔다. 그런데 그 몰골이 말이 아니었다. 머리는 흐트러졌고, 옷도 구겨져 있었다. 치마 입은 애를 달랑 들어서 끌고 갔다고 지인이 알려줬지만 긴

가민가했었다. 하지만 눈앞에 그걸 증명하는 모습이 떡 하니 보이니 어머니의 보일러는 모터도 없이 다시 끓어 올랐다. 현희 씨 있는 곳으로 성큼성큼 다가가서 주먹을 꽉 쥐었다. 경찰 앞에서 조사를 받던 현희 씨가 뒤돌아봤 다. 눈이 마주치자 임계점에 달한 어머니의 보일러가 터 져버렸다.

"도둑놈은 안 잡고, 왜 애들을 잡아!"

현희 씨는 깜짝 놀랐다. 아니, 현희 씨보다 뭔가 설 명하려던 경찰이 더 놀랐다. 어머니의 터진 보일러에서 는 뜨거운 것이 쏟아져 나왔다. 어머니는 더 이상 말을 잇지 못했으나 이 첫마디로 기선이 잡힌 경찰은 제대로 된 말 한마디 못 붙이고 안절부절못했다. 어머니는 현희 씨의 어깨를 다독이며 괜찮아, 네가 무슨 잘못을 해 괜찮 아, 하며, '무슨 잘못' 앞뒤에 '괜찮아'를 놓아 잘못을 가 려버렸다. 현희 씨는 어머니의 판결로 '잘못 없음'이 되 어 경찰서에서 나올 수 있었다. 한순간 투사로 변신했던 어머니는 그 이후, 세상을 바라보는 눈을 확, 바꾸었다.

사실, 현희 씨는 얌전히 학교와 집을 오간 학생은 아 니었다. 물론, 대학교 때, (탈)춤바람이 난 것은 틀린 말 이 아니었다. 처음 탈춤반에 들어갔을 때만 해도 그 춤에 매료됐기 때문이었다. 씩씩한 춤사위와 호방한 동작이

왈가닥 소녀였던 현희 씨의 취향에도 딱, 맞았다. 춤바람
은 단순히 동아리 활동, 여가 활동으로만 머물지 않았다.
송파산대놀이를 배우기 위해 동아리 친구들과 아르바이
트까지 해야 했다. 서울에 있는 전수회관에서 배우려면
비용이 이만저만 드는 게 아니었다. 그나마 선생님을 모
셔 오면 비용이 훨씬 절약되었다.

춤바람은 집안도 거덜 낸다지만, 현희 씨의 춤바람
은 과격한 춤사위에 온몸이 거덜 날 뿐, 대학 생활의 활
기를 불어넣어주는 바람직한 바람이었다. 그런데 춤만
추면 좋은데, 선배 언니들이 공부를 해야 한다며 어려운
책을 읽으라 했고, 춤추기에도 아까운 시간에 후배들을
모아놓고 세미나를 시킨 것이었다. 한국 경제가 어떻고,
부조리한 사회가 어떻고, 80년 광주에서는 어떤 일이 있
었고 하는 이야기를 서점에서 팔지도 않는 책과 복사본
으로 읽게 하고 토론시켰다. 처음에는 무서운 마음에 그
만둘까도 생각했지만, 춤바람은 확실히 춤바람이었다.
경제 때문에, 사회 때문에 춤을 끊을 수는 없었다.

막상 2학년이 되자 현희 씨도 선배들이 그랬던 것
처럼 후배들에게 똑같이 하고 있었고, 세상은 이미, 현
희 씨의 눈 속에서는 핑크빛이 아니었다. 그랬지만 집에
서 학교로, 학교에서 집으로 오가는 이전의 생활은 변함

이 없었다. 집회에 참여해도 집으로 갈 때는 말끔해져서 돌아갔다. 그리고 졸업할 때까지, 또, 그 뒤에도 어머니는 그 사실을 까마득하게 몰랐다. 그날, 직장으로 출근할 때만 해도 이런 일이 생길지 현희 씨는 생각지도 못했다. 하지만 어머니가 경찰서에 있는 자신의 모습을 보고 그랬듯이, 시내 사거리에서 후배들이 경찰에 당하고 있는데, 가만히 있을 수 없었다. 치마를 입었건 말건 직장에 가야 하건 말건 그때는 아무것도 뵈는 게 없었다. 폭력 경찰 물러가라, 구호를 따라 외치고, 후배들을 보호하다 후배들과 똑같이 달랑, 들려 온 것이었다.

현희 씨는 이때의 일을 생각하면 괜히 웃음이 났다. 그러다가 어머니를 생각하면 눈물이 핑 돌기도 했다. 어머니가 경찰서 문을 밀고 들어왔을 때, 이제 죽었구나, 생각했었다. 버럭, 소리를 지를 때는 저도 모르게 두 눈을 질끈 감았었다. 그런데 그 불호령이, 자신이 아니라 비아냥거리는 반말로 취조하던 느물느물한 경찰을 향했을 때는 통쾌 상쾌했었다. 그리고 어머니의 손길이 자신의 어깨에 닿을 때는 와락, 눈물을 쏟지 않을 수 없었다.

사는 일이 새옹지마라더니 그 말이 딱 자기 얘기 같았다. 탈춤반을 하며 춤추는 것 말고도 짜릿하고 통쾌한 일이 많다는 것을 알았고, 큰 집회에 나가서 '전국유아교육과연합'이라고 쓰인 커다란 깃발 아래 서면 온 세상을 뒤집어엎어 반칙과 특권이 없는 세상을 지금 당장 만들수 있을 것도 같았다. 하지만 그때마다 어머니가 이러고 다니는 걸 알면, 하는 생각에 걱정이 산처럼 솟았었다.

그런데 그 걱정이 한순간에, 그것도 마치 스릴 넘치는 영화의 반전처럼 확 뒤집히는 사건이 자신에게 일어났던 것이었다. 그때 어머니는 괴물 앞에 덜덜 떨고 있는 자신을 구해준 '로보트태권브이'였고, '원더우먼'이었다. 어머니에게 들킬까봐 걱정하던 마음은 사라지고 모녀는 함께 세상의 '나쁜 놈 못된 놈 징글맞은 놈' 욕하며 마음 나누는 친구 같은 관계로 바뀌었다.

현희 씨는 세상 부러울 게 없었다. 그때까지만 해도 앞으로의 인생은 꽃길만 걸을 줄 알았다. 스물다섯, 친구 오빠와 결혼할 때에는 꽃다발을 안고 흩뿌려진 꽃잎을 밟고 그 길을 걸어가기도 했다. 하지만 인생은 호사다마이기도 했다. 결혼 생활이 오르락내리락할지언정 불행해지리라고는 꿈에도 생각지 못했다. 하지만 남편은, 남편은커녕 아빠로서도 부적격이었다. 심지어 자기 혼자의 몸도 건사하지 못할 정도로 가족뿐만 아니라 주위 사람들에게 불행을 안겨다주었다.

그 결혼의 꽃길 끝에는 두 갈래 길이 나타났고, 현희 씨는 아이들과 함께 한쪽 길을, 남편은 친구 오빠로 돌아가 다른 길로 갈 수밖에 없었다. 산후조리도 제대로 못하고 다시 학원에 나갔던 일, 혼자서 아이를 돌보고 집안일을 도맡아 한 것이 억울해서가 아니었다. 그 사람이 아이에게 아빠의 역할만 부끄럽지 않게 해주었다면 생계와 집안일 모두를 감당한다 해도 억울하지 않았을 것이었다. 이혼이 무슨 죄도 아니었고, 설사 그렇더라도 사실, 죄 지은 사람은 따로 있었다. 그럼에도 아이를 혼자 키우는 게 무슨 부끄러운 일이라도 되는 것처럼 현희 씨는 사람들과 잘 만나지 않았고 아이들 돌보는 일에만 온 마음을 쏟았다.

그러던 어느 날, 소 키우는 고등학교 친구에게서 연락이 왔다. 수입 소 때문에 난리 났다면서 세상이 아니라 자신을 위해서라도 꼭 집회에 나와달라고 했다. 현희 씨는 내키지 않았다. 거기에 가면 아는 사람을 여럿 만날 텐데, 혼자서 애들 키우느라 얼마나 고생이니, 하는 말을 듣고 싶지 않았기 때문이었다. 하지만 친구의 절실한 마음을 외면하는 것은 현희 씨에게는 있을 수 없는 일이었다.

그런데 또 한 번 인생의 반전이 현희 씨를 기다리고

있었다. 꽃길만이 인생의 좋은 길인 줄 알았는데 생각지도 못한 다른 좋은 길이 그때 열렸다. 촛불의 길. 촛불 집회에서 피아노학원 원장을 만난 것이었다. 물론, 첫눈에 반짝, 이런 것은 아니었다. 아랫마을 보습학원 원장이 윗마을 피아노학원 원장을 만난 정도였다. 어, 원장님 안녕하세요, 하면서 괄호 속에 감춘 말, 이런 집회에 나오시다니 정말 의외예요.

호기심이 관심으로 바뀌는 데는 얼마 걸리지 않았다. 그도 혼자서 아이를 돌보고 있었고, 자기처럼 술자리를 즐긴다는 것이었다. 몇 차례 술자리에서 피아노 원장님을 만났고, 여럿이보다는 둘이서 만나는 게 더 좋겠다는 마음이 들 때쯤 현희 씨는 선뜻, 술 한잔하실래요, 하며 먼저 마음을 열었다. 자신들을 엄청 속 썩인 전 배우자들을 안주 삼아 몇 차례의 술자리를 가졌고, 그 안주가 떨어지자, 이번에는 피아노 원장이 느닷없이, 학원 같이 하실래요, '제안'을 했다. 그러자 기다렸다는 듯이 바로, 현희 씨가 역 제안을 했다.

"그럼, 혼인신고부터 해요."

어느 소설가는 사랑한다는 말로, '달이 참 밝아요' 정도면 적당하다고 했다지만, 두 사람의 프러포즈는 일과 떼려야 뗄 수 없는, 사랑보다 깊은 '화살'을, 자신들이 큐피드가 되어 주고받은 것이었다. 촛불을 함께 들었던, 그래서 두 사람의 만남을 지켜봐왔던 지인들이 두 사람을 위해 조촐하지만 아름다운 결혼식을 마련해주었다. 피아노 음악과 함께하는 보습학원, 공부하는 피아노학원이 촛불들의 축복을 받으며 열렸다. 그곳은 또한 현희 씨 딸과 아들, 남편의 아들이 모여 이룬 다섯 식구의 보금자리였다. 현희 씨는 그렇게 '다마多魔'를 넘어 '호사好事'로 나아갔다.

현희 씨는 생애전환 문화예술학교를 계기로 꿈이 하나 생겼다. 연극 지도사 자격증을 따는 것. 지금 하고 있는, 아이들에게 글쓰기와 공부를 가르치는 것에 더해 아이들과 활기차게 '극적'으로 놀고 싶어졌기 때문이었다. 아이들의 이야기를 극으로 만들고, 나의 이야기도 낭독극으로 만드는 상상을 하면 행복했다. 현희 씨는 학원이라고 해서 무조건 공부만 시키지 않았다. 마당에 있는 살구나무도 그렇고 토마토밭도 그렇고 아이들이 자연스럽게 흙에서 놀 수 있는 환경을 마련했다. 놀기 위해 오는 학원, 놀다 지쳐 공부도 하는 학원, 그러다 보면 공부도 잘되는 학원을 만들고 싶기 때문이었다.

또 현희 씨는 마을 일에도 조금씩 나서야겠다고 생

각했다. 대전에서 지낸 한두 해를 빼고는, 태어나서 지금까지 계속 살아온 동네에서 이제는 뭔가 좋은 일을 하고 싶어졌다. 아파트 들어서기를 바라는 재개발 지역이 아니라 아파트 없이도 행복한 동네, 정이 넘치는 동네를 만들고 싶기 때문이었다. 구불구불한 골목길에서 뛰어놀던 어린 시절의 추억을 고스란히 아이들에게도 전해주고 싶었다. 그런 동네를 만드는 데 앞이든 뒤든 어디든 자신이 있어야 할 자리에서 자신의 일을 하리라 마음먹었다.

그때 최루탄 거리에서 그랬듯, 촛불을 든 광장에서 그랬듯. 왈가닥 소녀 현희 씨는 지금, 두 번째 맞는 왈가닥 시대를 준비하고 있다.

04

양창숙
세종

양창숙 님은,

1970~80년대, 당시로서는 드문 이공계 전공 여성으로서 보건복지부 국립검역소 분석 요원으로 10년가량을 근무했다. 여성 인력이 드문 분야에서 사회적 편견을 실력으로 돌파한 여성 공무원으로서 후배들에게 길을 열어주었다. 이후 식약청(현재의 식약처) 본부에서 유전자변형식품 관리에 대한 제도 마련 등 행정 업무를 담당하며, 퇴직 때까지 국민 건강에 직결된 식품 관련 제도 마련에 힘써왔다. 퇴직 후에는 사회적 돌봄에 관심을 갖고 봉사활동에 힘쓰고 있고, 신중년 이후의 삶을 계획하며 사회 프로그램을 찾아 적극적으로 참여하고 있다.

그이가 참여한 프로그램은 생애전환 문화예술학교 〈카메라로 내 삶의 지도 그리기〉(2021)이다.

홍일점의 마무리, '양배추'

'사진은 언제 찍는 거야?'

마스크를 쓰고 있었고 혼잣말이어서 정확하게 듣지는 못했지만, 분명 이런 말이 뒤쪽에서 들려왔다. 대개의 참여자가 자신처럼 사진을 배우려는 목적으로 프로그램에 참여한 것이 분명했다. 물론 전체 프로그램의 제목은 '생애전환 문화예술학교'였다. 하지만 참여자들은 문화예술, 즉 사진 찍는 법에 관심을 가졌을 뿐 생애전환이 사진과 도대체 무슨 관계인지 알지 못했고, 또 알고 싶어 하지도 않았다.

이러다 모두 관두는 거 아닐까, 싶었다. 마스크 쓴 얼굴을 식별하기 어려워 누구인지 알 수는 없었지만, 첫 시간보다 몇 사람이 줄어 있었다. 창숙 씨도 생애전환과 사진이 무슨 관계가 있는지 영, 감이 잡히지 않았다. 아무튼 사진이 프로그램에 들어가 있으니 사진 잘 찍는 법을 중심으로 배울 줄 알았다. 그런데 프로그램은 그쪽으로 흘러가지 않았다. 그동안 식품에서 유해 물질을 찾아내고 검사하는 곳에서 직장 생활을 하며 키웠던 눈치 백단, 코치 천 단, 경험 만 단의 감각으로도 도저히 알 수 없었다.

오늘만 해도 그랬다. 사진을 찍지 않았고 가져오라고 했다. 창숙 씨는 고개를 갸우뚱거리며 집에서 먼지 쌓인 앨범을 꺼냈다. 거기서 오래된 사진을 몇 장 꺼내오면 되었다. 그중에서 어떤 사진을 고를까 생각하며 앨범을 처음부터 펼쳐보기 시작했다. 마치 처음 보는 듯한 사진들이 거기에 빼곡히 들어 있었다. 앨범의 먼지를 털어가며 사진을 한 장 한 장 살펴보았다. 몇 장 얼른 뽑아내려던 처음의 생각은 어느새 사라지고 창숙 씨는 사진 속으로 들어갔다.

'인천이었을 거야, 그렇지 인천이지.'

창숙 씨는 어린 창숙이 언니 오빠들 틈에 끼여 밥을 먹는 모습을 보고 있다. 창숙은 조금 주눅 든 표정이었지만 밥상 뒤로 물러나 있지는 않았다. 우리 엄마가 언니 오빠의 엄마가 아니라는 사실을 알았지만 그렇다고 충격에 빠지지는 않았다. 담담하지도 않았지만, 그렇다고 받아들이지 않을 일은 아니었다. 자신이 선택한 일이 아닐뿐더러 언니 오빠나 자신이나 모두 마찬가지 처지였다. 다만, 그 사실을 알고 잠깐이지만 언니 오빠의 얼굴을 똑바로 쳐다보기가 싫었다.

엄마가 다르다는 사실을 몰랐을 때, 친구들은, 언니 오빠가 여섯이나 있으니 좋겠다, 하며 부러워하는 얼굴로 창숙을 쳐다봤지만, 그때도 언니 오빠가 많으면 뭐가 좋을까, 마치 남의 일인 것처럼 생각했었다. 그 생각 끝에 다다른 곳은, 가족이 많다고 다 화목하지는 않다는 것이었다. 가족이 많을수록 오히려 여러 이유로 다투는 경우가 많기 때문이었다. 속마음은 어떤지 몰라도 언니 오빠들이 자신을 괴롭히지는 않았고 어리다고 봐주는 분위기였다. 큰오빠와 막내 창숙의 나이 차가 20살이었으니 그도 그럴 만했다.

화목하지 않은 이유는 따로 있었다. 아버지 때문이었다. 아버지가 그 시대의 다른 아버지들에 견줘 특별히 문제였던 건 물론 아니었다. 가족을 책임지지 않은 것도 아니었고, 술, 도박에 빠지지도 않았다. 오히려 가족을 돌보려는 책임감이 문제라면 문제였다. 교사였던 아버지는 일곱 남매에게 매우 엄했다. 아이들뿐만 아니라 어머니도 아버지의 말을 거스르거나 다른 의견을 제시하지 못했다. 아버지가 다정하지는 않더라도 허용적이었다면 어머니는 서로 달라도 화목에 좀 더 가까이 갔을 텐데, 하는 아쉬움이 늘 창숙 씨를 따라다녔다.

창숙 씨가 고등학생 때, 친한 친구들끼리 한 친구의 집에 몰려가서 공부하는 게 유행이었다. 중간고사나 기말고사 때는 특히 돌아가며 밤을 새우기도 했다. 물론, 공부만 하는 것은 아니었지만 그 방식이 혼자 집에서 공부하거나 독서실에서 밤을 새우는 것보다 능률이 떨어지지는 않았다.

그런데 아버지는 친구의 집이어도 외박은 절대 허용하지 않았다. 친구 부모님의 말씀도 소용이 없었다. 평소에도 늦게 들어오면 불호령이 떨어졌으니 아무리 공부를 한다지만 밖에서 밤을 새우는 것은 있을 수 없는 일이었다. 오직 친구들을 집으로 불러들이는 것만 허용했다. 그것도 한두 번이지 친구들이 매번 창숙의 집에 올 수는 없었다.

창숙은 절대 아버지처럼 선생님이 되지 않겠다고 결심했다. 대학 진학을 앞둔 창숙은 선생님이 되는 쪽은 쳐다보지도 않았다. 수학을 좋아했고 또 곧잘 했지만 수학을 전공하겠다는 마음을 가질 수는 없었다. 전공과 관계없는 직업을 선택하지 않는 이상, 수학의 길은 교사든 교수든 곧 선생님의 길이었다. 그래서 창숙은 화학과를 선택했다. 화학과라면 전공을 살리더라도 가르치는 일을 하지 않아도 되기 때문이었다.

화학과는 수학과보다 커트라인이 높았지만 목표가 뚜렷했던 창숙은 무난히 진학했다. 대학생이 된 창숙 씨는, 화학과의 유일한 여학생이었다. 1980년이었다. 그때는 그랬다. 화학과뿐만 아니라 이공계를 선택하는 여학생이 드물었다. 어떤 대학은 이공계 건물에 여자 화장실이 없을 정도였다. 창숙 씨는 입학과 함께 당시에는 서클이라 불리던 동아리 활동을 시작했다. 붓글씨반이었다. 차분히 마음을 다스리고 싶었지만, 과에서나 동아리에서나 여성은 유일하거나 소수였으므로 남학생의 '추앙'을 받느라 붓글씨에만 매달릴 수는 없었다.

그해 5월, 불안한 봄을 가로지르던 대학가에 휴교령이 떨어지고 남쪽 도시에서는 무시무시한 일이 벌어졌다. 세상은 무서울 정도로 고요했고, 또 들끓었다. 이제갓 성인이 된, 대학 신입생 창숙 씨는 등교가 막혔으므로 어디라도 오르고 싶었다. 창숙 씨는 동아리 사람들과 함께 등산을 시작했다. 이미, 성인이 된 창숙 씨이지만 아버지에게는 여전히 미성년자였다. 시절도 엄혹했고, 아버지는 여전히 엄했다. 아버지 몰래 배낭을 챙겼고 어머니는 딸이 등산 간 사실을 남편에게 숨겨야 했다.

휴교령으로 마무리된 80년 봄의 대학가는 여전히 한겨울이었지만, 현실의 계절은 순차적으로 흘렀다. 그해, 여름이 가고 가을이 왔음을 알린 신호는 휴교령 해제였다. 긴 방학을 마친 창숙 씨는 다시 산에서 내려와 학교에 올랐고, 변치 않은 추앙을 담담히 받아들이며 3학년이 되었다.

무엇이든 정도가 심하면 탈이 나는 법, 이럴 때 창숙 씨의 처방은 맺고 끊음을 분명히 하는 것이었다. 추앙과 마음 다스림의 삼각함수를 끊어내기 위해 단호히, 그리고 과감히 붓글씨반을 그만두었다. 교직 과목 이수는 이미 선택지에 넣지 않았으므로 대학원 과정인 카이스트 준비반으로 동아리를 옮겼다. 이러저러한 사정으로 카이스트 진학도 여의치 않자, 졸업과 함께 창숙 씨는 중소기업에 취업할 수밖에 없었다.

정치와 달리 한국 경제는 호황으로 향하고 있었지만 여성의 일자리는 대개 한정되어 있었다. 대기업일수록 그 정도가 심했고, 이공계 출신 여성이 자신의 전공을 살려 갈 수 있는 곳은 드물었다. 서류심사에서도 그랬지만, 면접에서 대놓고 '여자가……' 하는 말로 차별을 했다. 창숙 씨는 화학과 유일의 여성으로 추앙받던 곳을 떠나 이공계 출신 여성이 차별받는 세상으로 나섰던 것이었다.

중소기업이라고 해서 창숙 씨를 추앙하는 것은 아니었다. 여성 차별이 사회에 만연한 시대였으므로, 감내했고 익숙해졌고 제 나름대로 대응 방법도 체득했다. 그렇다고 해서 세상의 요구대로, '여자가'의 방식으로 살 수는 없었다. 이것 말고도 수십 가지의 이유로 한두 해 지나 회사에 사표를 던지고 창숙 씨는 대학원에 진학했다. 대학원에서 석사 학위를 따고 조교로 지내면서 강의도 했다. 운은 찾아가는 것이 아니라 찾아오는 것이라는 말처럼, 창숙 씨 앞에 기회가 나타났다.

대학에서 조교로 지내던 어느 날, 창숙 씨는 보건사회부(현재 보건복지부) 산하의 국립검역소에 6급 공무원으로 특채되었다. 6급이란 직급도 파격적이었지만 무엇보다 자신의 전공을 그대로 살린 일을 할 수 있었기에 기뻤다. 해외여행 전면 자유화가 이뤄진 1989년 이후 수입식품이 대폭 늘었다. 더욱이 같은 시기에 '3저 호황'을 누리면서 한국 경제 규모가 커져 수출입 상품이 폭발적으로 늘었다. 사회적 편견보다는 전문성을 갖춘 인재가 필요한 순간이 창숙 씨에게 기회로 찾아온 것이었다.

창숙 씨는 해외에서 들어오는 수입 상품, 그중에서도 특히 식품 검역 분석 요원으로 10년가량을 근무했다. 여성으로서도 그렇고 전문적 분석 업무라는 면에서도 처음 가는 길이었다. 당시 특채된 공무원들은 6개월간 카이스트 산하 분석 기관에서 교육을 받고 인천 부산 서울 등에 배치되었는데, 창숙 씨는 인천으로 가게 되었다.

밀려드는 수입식품을 한정된 인력으로 검사하고 분석하느라 밤 12시까지 일할 때가 많았고, 바쁠 때는 밤샘도 마다하지 않았다. 당시는 초과 수당이 없었을 때였으므로 사명감이 있거나 일을 좋아하지 않으면 견디기 힘든 노동 강도였다. 창숙 씨는 보람으로 일했다. 어떤 일이든 주어진 일에 꾀 안 부리고 맺고 끊기를 정확하게 하는 성격이 이럴 때는 고맙기도 했다. 그것이 부모님께 물려받은 것이라면 그분들에게 감사할 따름이었다.

분석 요원이라고 해서 샘플을 사무실에서 실험하고 분석만 하는 것은 아니었다. 그 일로도 벅찼지만 샘플을 채취하기 위해 세관의 보세창고로 나섰다. 이는 깐깐한 팀장의 방침이기도 했다. 하지만 여성이 샘플을 채취하러 가는 것은 여간 힘든 일이 아니었다. 그동안 전례가 거의 없는 일이었으므로 창숙 씨는 길을 만들며 가지 않으면 안 되었다. 세관 보세창고에서는 6급 공무원이라거나 국립검역소 분석 요원이라는 면은 맨 뒷장이었다. 언제나 여자라는 면이 맨 앞장에 놓여 있었다.

창숙 씨는 그런 시선, 편견에 그 방식 그대로 대응했다. 여자를 맨 뒷장으로 돌리지 않고 제일 앞에 놓았으며, 현장 검체 수거 여성 요원으로 세관의 보세창고를 사무실처럼 드나들었다. 수입 밀을 보관한 높은 탱크에 들어가는 일도 마다하지 않았다. 처음에는, 여자가 이런 곳에서 이런 일을? 했고, 심지어는, 재수 없게 여자가, 하는 속내도 그곳 남자들은 심심찮게 드러냈다.

그러면 그럴수록 창숙 씨는 더욱더 깐깐하게 일을 했다. 빈틈을 보이는 순간, 무시나 편견은 비웃음으로 바뀌기 십상이기 때문이었다. 깐깐함만이 새 길을 만들며 가는 사람의 유일한 도구였다. 그러자 현장은 의외라는 시선으로 바라봤고, 오래지 않아 검역을 위해 분석 요원이 검체 수거하러 온 것, 이상도 이하도 아닌 상황이 일상화되었다.

여성에 대한 편견을 극복하는 일은 일의 전 과정을 컨트롤 하는 데에 넘어야 할 산이었지 그것 자체가 목적은 아니었다. 엄격함만이 그 길을 갈 수 있었고, 그것이 일이었으므로 가능했다. 그렇게 깐깐하게 일했지만 전수조사를 할 수 없는 일의 특성상 어쩔 수 없는 사건 사고

가 터지기도 했다. 수입 밀에서 농약이 검출되었거나 유명 수입 양주에서 유해 성분이 검출되는 사건이 터질 때마다 업무는 긴장에 긴장을 더했고 밤샘은 또 밤샘을 낳았다.

그럼에도 검역 선진국에 출장 가서 앞선 경험을 익혔고 그 방식을 응용해 한국의 수입식품 검사 시스템에 적용했다. 새로운 시스템이 정착되자 검사 과정이 촘촘해졌고 소위 선진국에서 수입되어 오는 물품도 가차 없이 검사에 걸리는 일이 허다했다. 그때마다 해당국의 관련 회사나 기관에서 항의하기 위해, 검사 과정을 검증하기 하기 위해 방문했지만 분석에 문제없음이 확인될 때마다 창숙 씨는 보람 이상의 자부심을 느꼈다. 수입식품 검사에 관한 한 이제는 배우는 나라에서 가르쳐주는 나라가 되었고, 그 나라의 일원으로 일하고 있다는 사실에 창숙 씨는 뿌듯했다.

분석 요원으로 10년가량을 근무하고 창숙 씨는 식약청(현재의 식품의약품안전처) 본부로 들어가게 되었다. 본부에서는 유전자변형식품GMO 관리에 대한 제도 마련 등 행정 업무를 맡았다. 소비자단체와 기업 사이에서 객관적이고 과학적인 자료를 제시하고 이를 제도화하는 데 온 힘을 쏟아야 하는 일이었다.

행정 업무였다고는 해도 사무실에만 앉아서 일을 하지는 않았다. 국립검역소에서 분석 요원으로 근무할 때 현장에 나간 것처럼, 국회에 나가 국회의원의 질의에 대응하고 유전자변형식품에 대한 국민적 우려를 불식하는 활동에도 주력했다. 과학적 사실에 근거해 답변을 준비하고 이에 맞춘 입법을 설득하는 일도 창숙 씨의 일이었다.

지금은 당연하다고 여기는 어린이 식품에 대한 제도를 마련했고, 고열량·고염분·고당분 식품 등에 대처해 저열량·저당·저염 식품을 홍보하고 관련 제도를 정비했다. 이와 관련해 소비자단체와 머리를 맞대고 입법 근거를 마련하는 데에도 일익을 담당했다. 창숙 씨는 무엇보다 이 분야에서 우리나라가 일본보다 더 엄격하게 관리하고 있다는 점에서 보람을 느꼈다.

하지만 언제나 보람 차게 일이 마무리된 것은 아니었다. 그중에서 건강기능식품에 허용되지 않는 원료를 사용한 소위 '백수오 사건'과 달걀에서 농약 성분이 검출된 사건은 지금도 생각하고 싶지 않은 업무였다. 당시에도 검역소 근무 때와 마찬가지로 사무실에서 쪽잠을 자며 사건을 수습하는 데 주력했다.

본부 사무실로 옮겼을 초기에는 또 다른 어려움에

맞서야 했다. 6급 특채는, 그곳에서 긍지는커녕 거추장스러운 딱지 같은 것이었다. 그 딱지 때문에 창숙 씨는 직급이 낮은 선배들의 사랑스런 후배가 되지 못했다. 전임자에게서 인수인계도 제대로 받지 못했다. 심지어 컴퓨터를 켰는데 진행 중이던 업무 문서 하나만 달랑 있고, 문서를 정돈해놓은 폴더는 하나도 없었다. 미운 오리 새끼가 된 기분이 이런 것일까, 하고 창숙 씨는 생각했다. '여성 최초'라는 수식어가 붙은 자신에게 곱지 않은 시선을 보내는 것은 남자 선배뿐만 아니라 여자 선배도 마찬가지였다.

창숙 씨는 이럴 때일수록 마음이 굳건해지는 성격이었다. 좋다, 그렇다면 나도 마음의 문을 닫고 일만 하겠다, 그렇게 마음을 먹었다. 그리고 승진과 관련해서는 남자 선배들에게 양보하라는 식으로 태클이 들어왔고, 시간이 지나도 직급에 비해 승진은 빠르지 않았다. 또 다른 어려움은 집과의 거리였다. 인천 송도에서 서울 불광동 식약청 본부까지 출퇴근을 하며 왕복 5시간을 길에서 노심초사하며 보내야 했다. 야근도 잦았지만 그럴 때마다 총알택시를 탈 수밖에 없어서 교통비도 만만치 않았다.

지금은 여성 공무원이 임신하면 휴직도 하고 산전·

산후 휴가도 쓸 수 있어서 그나마 상황이 많이 나아졌지만, 당시에는 애 낳고 3개월 쉰다고 하면, 그렇게 오래 쉬어야 해? 몸이 원래 약했어? 같은 말을 시도 때도 없이 들어야 했다. 창숙 씨는 대학교 때부터 남자들에게 둘러싸여 홍일점으로 지냈고, 직장에서는 가부장 사회의 편견에 둘러싸여 지내다 보니, 연애도 결혼도 탐탁지 않게 여기지 않을 수 없었다.

이에는 창숙 씨의 성격도 한몫했다. 밀고 당기고, 재고 간 보고 하는 일에는 젬병이었다. 무슨 일이든 시작부터 직진으로 끝까지 가야 직성이 풀렸다. 그렇지 않으면 싹 도려내버리거나 끊어버리는 것이 편했다. 결혼 같은 건 안 한다, 혼자 살 것이다, 하는 말이 마음속 깊은 곳에서부터 울려 나왔었다. 선도 몇 번 봤지만 그냥 보는 것이었을 뿐, 시큰둥한 마음만 쌓아갔었다.

사랑과 결혼이 어디 기획서나 입법 자료로 가능할까. 이르고 늦은 것과는 상관없이, 계획도 없이 결혼의 기운은 느닷없이 34살의 창숙 씨에게 들이닥쳤다. 등잔 밑이 어둡다고 결혼 상대는 복지부 안에 있었다. 동료의 소개로, 같은 근무처는 아니지만 복지부 공무원을 만났다. 양결추(양창숙 결혼 추진위원회), 양배추(양창숙 배우자 추천위원회)는 단체 해산을 기대하며 이번만은, 하는 마음을 창숙 씨에게 보냈다.

　물론, 그 남자가 처음부터 마음에 든 것은 아니었다. 추앙만 받아온 창숙 씨에게 남성 취향이 딱히 있는 것은 아니었지만, 분명 그녀의 스타일은 아니었다. 다만, 웃옷의 낡아진 목둘레를 덧댄 것이 눈에 들어왔을 뿐이었다. 착하게 생겼네, 검소하네, 정도가 그의 첫인상이었다. 그러던 어느 날 결국 마음속으로부터 울려 나오던 그 말이 사라져버렸다.

　등산을 간 날이었다. 함께 산에 오르며 우정을 나눠왔던 친구와의 산행이 갑자기 불편해졌다. 이유도 없이, 느닷없이, 불현듯 여자 둘이서 산에 오르는 게 어색했고, 그날따라 남녀가 함께 가는 모습이 눈에 확, 들어온 것이었다. 어떤 화살이 창숙 씨의 심장을 관통한 것이 분명했다. 마음속으로부터, 결혼할 때가 된 건가, 추앙은 지겹고 사랑이 필요한가, 하는 말이 솟아올랐던 것이었다.

　화살의 효과는 금방 나타났다. 결혼은 죽어도 하기 싫다던 창숙 씨는 그 남자와 만난 지 3개월 후, 34살이 7일 남은 12월 24일에 결혼식을 올렸다. 그리고 37, 39살에 아들과 딸을 낳고 압축 성장의 결혼 생활을 이어갔다. 눈 깜빡할 새도 없이 아이들은 장성했고, 어느 날, 창숙 씨는 정년퇴직을 맞았다. 창숙 씨는 다음 생까지는 남은 날이 너무 많아서 또 다른 인생을 모색하는 중이었다.

창숙 씨가 사진을 모두 골랐을 때는 시간이 한참 흘러 있었다. 마치 지난 시간을 사진 속에서 다시 살아본 기분이었다. 사진 기술을 가르치지 않아도 사진 프로그램인 이유를 알 것 같았다. 과거를 찍는 사진은 사진기로 옛날 사진을 찍는 것이 아니었다. 지난날의 장면이 기억 속에 떠오른다면 이미 그것은 사진이었다. 이제 미래를 찍는 사진도 어렵지 않을 것 같았다.

사실, 창숙 씨는 퇴직 후에 마음껏 쉬고 놀고 여행 가는 게 꿈이었고, 또 그럴 예정이었다. 하지만 코로나 19로 인해 여행은 고사하고 가까운 곳에라도 놀러 가기가 쉽지 않았다. 집에서 쉬는 즐거움도 잠시뿐 하루는 길었고, 일주일은 까마득했다. 주말과 휴일이 구분되지 않는 삶이라니, 무언가 계획을 하지 않으면 삶이 매우 지루해질 것 같았다. 생애전환 문화예술학교도 그런 마음에서 참여 신청을 하게 된 것이었다.

공무원들은 퇴직하면 일반적으로 유관 기업에 재취업을 하는 게 관행이자 상식이었다. 긍정적이든 부정적이든 많은 퇴직자가 그러했다. 하지만 창숙 씨는 그런 생애전환은 꿈꾸지 않았다. 그것이 불합리한 선택이라는 평가는 차치하고, 자신의 지난 삶의 대부분을 차지한 중요한 직장 생활이었지만 그쪽은 이제 돌아보고 싶지 않을 정도로 미련이 없었다. 그래서 유관 기업에 취업하는 것뿐만 아니라 지난 직업과 관련한 강의도 피했다.

그보다는 봉사하는 삶을 살려고 남은 생을 설계해 나갔다. 봉사는 다른 사람에게 도움을 주는 일이지만 창숙 씨는 자신을 위한 일이라는 생각이 더 컸다. 몇 년 전 돌아가신 친정어머니를 생전에 모셨을 때 가졌던 아쉬움과 부족함을 생각하면 사회적 돌봄이라는 봉사활동은 꼭 필요한 일이기 때문이었다. 복지부 공무원으로서도 어쩔 수 없는 사회적 돌봄의 사각지대는 제도만으로는 해소될 수 없는 것임을 체험한 것도 이유였다.

이미, 사회복지사, 요양보호사 자격증도 땄지만 아이들 돌봄부터 시작하는 게 오래도록 이 일을 할 수 있는 밑거름이 될 것 같았다. 그래서 창숙 씨는 '맘시터'라는 네트워크를 통해 돌봄을 시작했다. 이 일은 건강하지 않으면 할 수 없는 일이므로, 또 자신을 위해서도 걷기와 유튜브 홈트레이닝도 시작했다. 그리고 틈틈이 도시 농부의 삶도 체계적으로 시작해볼 요량이었다.

한 세대 전 같으면 다음 생을 준비해야 할 나이이지만 이제는 지나온 만큼의 남은 생을 준비해야 하니 여간 복잡한 것이 아니었다. 길을 모르면 물어가는 게 정석이 듯이, 남은 생도 정석대로 준비할 수밖에 없다고 창숙 씨는 생각했다. 다행이 찾아보면 참여할 수 있는 사회 프로그램이 다양했다.

필요한 프로그램에 참여 신청을 하는 것만으로도 일주일이 휙, 지나갔다. 바쁘게 쉬고 있는 창숙 씨는, 올해 생애전환 문화예술학교에도 신청서를 냈다. 올해는 미술 관련 프로그램이었다. 이 프로그램에서는 붓을 들고 그림을 그리지 않는다 해도 전혀 이상하게 여기지 않을 것 같았다. 생애전환의 눈치, 코치, 경험이 조금 생겼기에……

2

살아진
지난날들,
꿈만큼
남은 날들

05

김서인
화천

김서인 님은,

우즈베키스탄 출신 이주여성으로서 결혼을 통해 한국 사회에 정착했다. 우즈베키스탄의 고려인 가정에서 태어나 어렸을 때부터 할머니에게서 고려인의 디아스포라 삶을 전해 들으며 자랐다. 한국 남자와 결혼해 현재 화천에서 농사를 지으며 자녀를 돌보며 지내다가, 생애전환 문화예술학교를 만나 연극의 재미를 한껏 느꼈다. 이를 계기로 한국에서의 또 다른 삶의 전환을 모색하고 있다. 우즈베키스탄의 대학에서 전공했던 미술을 다시 시작하기를 바라며 사회 프로그램에도 적극적으로 참여하고 있다. 아이들이 성인이 되면 캠핑카를 몰고 남편과 함께 한국의 구석구석을 여행하는 것을 꿈꾼다.

그이가 참여한 프로그램은 생애전환 문화예술학교 〈느리게 그리고 천천히, 나를 찾아가는 여행〉(2021) 이다.

산속의 야나

'어디로 가는 거지, 이 밤에? 날도 추운데⋯⋯.'

야나는 이제 걱정을 지나 조금씩 겁이 났다. 버스 안은 어둡고 조용했다. 차창 밖 풍경은 어둠뿐이었다. 큰길을 벗어나 구불구불한 길을 오르락내리락, 터널도 몇 개 지났다. 가로등도 없는 좁은 산길을 버스는 익숙하게 달리고 있었다. 승객 대부분은, 심지어 옆에 앉은 이 남자도 버스의 흔들림에 몸을 맡긴 채, 잠을 자거나 눈을 감고 있었다. 그들의 모습이 어둠에 녹아 있어서 잘 분간되지 않았다. 간혹, 마주 오는 자동차의 헤드라이트 불빛이 차 안을 휙, 훑고 지나갈 때 승객들의 모습이 검게 드러났다.

옆자리의 이 남자는 잠들지는 않은 채, 어둠 속에서 무언가를 골똘히 생각하는 것 같았다. 그러다가 실실 웃으며 고개는 돌리지 않은 채 야나를 슬쩍, 곁눈질했다. 가끔 눈이 마주칠 때면 남자는 웃음을 부드럽게 바꿨다. 아니, 웃음을 지어 보이는 것 같았다. 야나는 불안했다. 이럴 때일수록 더 냉정해야 한다고 생각하지만 머리만 따로 놀 뿐, 몸은 긴장해 바짝 힘이 들어가 있었다.

몇 시간 전 공항에 마중 나온 이 남자를 만났을 때는 안도의 한숨을 쉬었는데, 이게 무슨 일인지, 야나는 혼란스러웠다. 비행기를 타고 오는 내내 아무도 안 나와 있으면 어떻게 할까, 걱정이 이만저만 아니었다. 돌아가야 할지, 말도 통하지 않는 이 남자에게 전화를 걸어야 할지 한참을 생각했다. 그러다가 입국장 문이 열리자 눈에 확 들어오는 이 남자를 보고 얼마나 안심했는지 몰랐다. 지금은 이마저도 다 계획적이었다는 생각이 들자 가슴이 철렁 내려앉았다. 그러고 보니 차를 안 가져온 것도 이상했다. 이른 저녁으로 사준, 허여멀건 국물에 비죽 드러난 작은 닭 한 마리를, 밥그릇도 아니고 냄비도 아닌, 시커멓고 투박한 그릇 안에 통째로 넣어서 끓인 이상한 음식도 지금 생각하니 갑자기 무서워졌다.

'일단, 아버지께 전화를 걸자. 이 남자, 내 말을 못 알아들으니, 괜찮을 거야.'

야나는 아까부터 손에 꼭 쥐고 있던 휴대전화의 버

튼을 조심조심 눌렀다. 숫자 버튼을 누르는 손가락 끝이 떨리면서 자꾸 다른 번호를 누르고 있었다. 마음을 다잡으려고 심호흡을 크게 하는데, 남자와 눈이 마주쳤다. 남자는 걱정스러운 얼굴을 꾸미는 듯싶더니 뭐라고 했다. 들키지 않으려면 침착해야 한다, 생각하며 야나는 걱정 말라는 표시로 고개를 끄덕였다. 남자는 조금씩 안심하는 얼굴이 되어가더니 다시 자세를 바로 했다.

야나는 잘못 누른 숫자를 지우고 남은 번호를 채운 뒤 주저 없이 통화 버튼을 눌렀다. 신호음이 한 번 채 끝나기도 전에 바로 아버지가 받았다. 잘 도착했냐는 아버지의 말을 중간에 싹둑, 자르고 야나는 침착하게 작은 목소리로 지금 겪고 있는 상황을 전했다.

"아버지, 저 납치되는 거 같아요. 큰일 났어요!"

목소리는 매우 작고 천천했지만, 자신의 위험을 제대로 알리는 말투였다. 남자가 이번에는 제대로 고개를 돌려 야나를 봤다. 웃음기가 사라진 얼굴에는 걱정이 한가득했다. 야나는 그런 남자의 얼굴을 웃으며 잠시 봤다. 그래도 남자의 얼굴은 풀리지 않았다. 야나는 다시 한번 웃으며 휴대전화에서 들려오는 지구 반대편의 목소리를 듣고 있었다.

남자는 걱정스러운 얼굴을 한 채 쳐다보고만 있었

다. 그도 그럴 것이 야나는 휴대전화를 들지 않은 나머지 한 손을 들어 괜찮다, 아무것도 아니다, 친구와 통화한다는 뜻으로 남자의 눈앞에 강하게 흔들었다. 아버지가 일러준 대로 한국에 나가 있는 어머니에게 전화를 걸려다가, 서울에서 먼 남쪽 도시에 있다는 어머니에게 말해봐야 별 뾰족한 수가 없을 거라는 생각에 미치자 갑자기 몸에서 힘이 쑥, 빠져나가는 기분이었다. 이제 야나가 믿을 것은 야나밖에 없었다. 야나는 생각했다.

'아무리 내가 여자지만, 이 남자 하나쯤이야⋯⋯.'

야나는 우즈베키스탄에서 이미 검은띠를 딴 태권도 유단자였다. 다시 힘을 주어 두 주먹을 불끈 쥐었다. 마음을 다잡자 야나는 무서울 게 없었다. 그러자 걱정 가득하던 야나의 눈에 태어나 자란 우즈베키스탄의 고려인 마을이 어룽졌다. 가족과 친구의 모습이 하나하나 거기에 그려졌고, 그들은 산속의 야나를 걱정하고 있었다.

야나의 할머니 할아버지의 윗세대는 일제강점기 때 어떻게든 살아가려고 북쪽으로 삶터를 옮겼던, 나중에 고려인이라 불리는 조선 사람이었다. 그들은 구소련의 영토가 된 연해주沿海州에 정착했다. 스탈린의 정책으로 조부모는 멀리 중앙아시아, 소비에트연방의 한 나라였던

김서인
화천

우즈베키스탄으로 집단 이주하게 되었다. 이렇게 고려인은 한반도의 아픈 역사와 구소련의 강제 이주 정책이 맞물린 고난의 디아스포라를 통해 탄생했다.

고난은 고려인을 바라보는 타인의 시선일 뿐, 고려인의 역사에는 고난을 헤쳐 오늘에 이른 끈질긴 생명력이 기록되어 있다. 조선왕조를 이은 대한제국이 일제의 식민지가 된 뒤, 우리 민족의 수많은 사람이 세계의 각 지역으로 구조적이든 강제적이든 집단 이주할 수밖에 없었던 역사, 그 끝에 야나가 있다. 강제 이주되었지만 끈질긴 생명력을 발휘하며 척박한 중앙아시아의 건조한 지역에서 삶의 터전을 일구고 마침내 우즈베키스탄의 중추적인 사회 구성원이 된 고려인의 삶이 야나의 가계에도 그대로 흘러왔다.

야나는 또래 고려인 중에서도 씩씩하기로 유명했다. 너무 씩씩해서 모두들 걱정할 정도였다. 아버지는 자주, 저러다가 결혼할 수 있을까, 안타까운 마음을 혼잣말처럼 드러내기도 했다. 그런 걱정에 아랑곳없이 야나는 대학을 졸업한 20대 초반에 집안 생계의 한 부분을 담당해나갔다.

야나는 어릴 때부터 그림을 잘 그렸다. 주위의 칭찬에도 신났지만 그림을 그릴 때는 시간 가는 줄 모를 정도로 빠져들었고 다 그린 그림을 보고 있으면 마음이 뿌듯해졌다. 대학에서도 미술을 전공했다. 그때까지는 화가가 되지 않더라도 미술과 관련된 일을 하리라 생각했다. 하지만 당시 우즈베키스탄에서 미술 전공을 살려 취직할 곳은 아무 데도 없었다. 전공을 살리기는커녕 어디라도 취직할 수 있는 직장이 있으면 일에 상관없이 달려갈 판이었다.

대학을 졸업하고도 취업의 문은 정말 바늘구멍보다 좁았다. 야나는 그 좁은 문에 매달리기에 너무 씩씩했다. 그래서 자신이 사장이 되어 스스로를 채용하기로 했다. 많은 돈을 들이지 않더라도 할 수 있는 일은 늘 위험이 따랐다. 하지만 야나의 자산은 위험을 두려워하지 않는 씩씩함이었다.

그가 20대 초반, 처음 선택한 직업은 바로 보따리장수였다. 우즈베키스탄에서 온갖 물건을 사서 낡은 트럭에 싣고 그 물건을 이웃한 아프가니스탄에 가서 더 비싸게 팔았다. 또 그곳에서 싸게 구입해 온 물건을 우즈베키스탄에서 비싸게 팔아 이윤을 남겼다. 말로는 너무도 간단한, 하지만 위험한 그 일에 야나가 선뜻 나선 것이었다.

성격에 딱 들어맞는 일이었지만, 야나는 그 일을 오래 할 수가 없었다. 아프가니스탄의 정세가 더 불안정해져 씩씩함만으로 이겨내기에는 너무도 위험한 상황이 되었기 때문이었다. 사람의 일은 날씨나 지형 등 환경보다는 결국 사람 때문에 막힌다는 것을 야나는 그 일로 깨닫게 되었다. 그렇다고 일을 쉴 수는 없었다. 가족에게 짐이 될 수 없었다. 할 수 있는 일은 닥치는 대로 해나갔다. 레코드 회사에 들어가 카세트테이프에 노래를 녹음해서 파는 일도 했다.

그러던 어느 날, 야나에게 선이 들어왔다. 가족이나 친지가 결혼 이야기를 꺼낼 때마다 별 신경 쓰지 않고 지내왔지만 우즈베키스탄에서 서른에 가까워질수록 결혼하지 않으면 뭔가 문제 있는 사람으로 취급받았다. 여자는 더 그랬다. 그럼에도 야나는 꿋꿋했다. 결혼은 남의 일처럼 여겼다. 처음에는 그냥 모른 척할 생각이었다. 그런데 남자의 사진을 본 순간, 관심이 끌렸다.

사진 속 남자는 한국 남자였다. 그렇다고 야나가 한국 남자에게 관심이 있었던 것은 아니었다. 아니, 오히려 그 반대였다. 우즈베키스탄에서 만난 한국 남자는 대개 키가 작고 배가 나온 데다 머리숱이 적었다. 그래서 한국 남자는 모두 그런 줄 알았다. 그런데 사진 속 한국 남자는 그런 외모가 아니었다. 국제결혼이었고, 결혼하면 거의 지구 반대편 한국에 가서 살아야 했다. 하지만 씩씩한 야나에게는 그런 것이 문제가 되지 않았다.

'여기서는 마음에 드는 신랑감 찾기 힘들어. 어차피 할 결혼이라면 지금도 좋잖아.'

야나는 그 남자를 만나보기로 했다. 며칠 후, 시내의 커피숍에서 만난 남자는 사진처럼 머리숱이 무성했고 인상은 더 좋았다. 더욱이 사진으로는 확인할 수 없었던 점도 자신이 알던 한국 남자가 아니었다. 배도 나오지 않았고, 키도 자신보다 훨씬 컸다. 말은 통하지 않았지만 야나는 그림을 그려가며 대화를 나누었다. 이 남자, 마음에 들었다. 집으로 돌아갈 때는 편히 가라며 택시비도 주는 게 아닌가.

하지만 야나는 버스를 타고 돌아왔다. 택시비를 아끼려는 목적도 있었지만 진지하게 결혼을 생각해보기 위해서였다. 차창 밖 멀리 나무 하나 없는 황량한 우즈베키스탄의 산을 바라보면서 생각에 잠긴 것도 잠시, 결심하는 데 오래 걸리지 않았다. 메마른 산과 들이 저녁 햇살에 더욱 붉게 물들었다. 야나의 마음은 그 땅보다 더 붉어졌다.

집에 돌아오자마자 아버지께 결혼하겠다는 결심을 밝혔다. 아버지는 기쁜 마음을 감추지 않았다. 하지만 마음 뒤에 감추고 있는 섭섭함과 걱정을 야나는 느낄 수 있었다. 결혼은 일사천리로 진행되었다. 며칠 후 집에서 혼례를 올렸다. 소식을 듣고 찾아온 친구들이 모두 믿기지 않는다는 듯이 야나의 얼굴을 빤히 쳐다봤다. 그러거나 말거나 이미 결정한 일에는 후회가 없었다. 야나는 그랬다. 그런 성격이었다.

"야나, 네가 결혼할 마음이 있었구나. 알았다면 나랑 결혼하자고 고백했을 텐데…… 하하."

농담 반 진담 반, 축하하는 또래 남자 친구들의 말이 오늘은 싫지 않았다. 친구들과 다시 만날 일이 있을까, 생각하니 눈시울이 붉어졌다. 야나는 신랑의 얼굴을 쳐다보았다. 신랑은 낯선 곳에서 벌어지는 결혼식에 어쩔 줄 몰라 하면서도 기쁜 마음을 감추지는 못하는 것 같았다. 며칠 뒤 그가 먼저 한국으로 돌아가고, 비자 등 준비를 마친 한 달 후 야나 혼자서 한국으로 떠나면 다시 보기 힘든 얼굴들. 잔칫집 마당에 한가득한 가족과 친척, 친구와 동네 사람들의 모습이 촉촉해지는 눈 속에서 점점 흐릿해져갔다.

버스는 어느새 산길을 빠져나와 화천 읍내에 도착했다. 이곳이 화천이라는 것은 나중에 알았지만 밤인데도 불빛이 보이는 거리가 반가웠다. 여전히 긴장을 풀지 않은 채 야나는 남자, 아니 신랑 뒤를 따라갔다. 주먹 쥔 손은 여전했고, 머릿속으로는 태권도 대련 때의 자세를 떠올려보기도 했다. 하지만 신랑은 아랑곳하지 않고 택시를 불렀다. 두 사람은 택시를 타고 여전히 춥고 어두운 2월의 화천 산길을 달렸다. 택시의 헤드라이트 불빛이 야나의 마음처럼 흔들리며 앞길을 밝혔다.

이윽고 어느 집에 도착했다. 온 집 안에 환하게 불을 밝히고 야나를 기다리고 있던 신랑의 가족들이 야나의 손을 잡았다. 말투로 보아 야나를 반갑게 맞는 것이 틀림없었다. 야나는 남자의 얼굴이 다시 다정한 신랑의 얼굴로 변해 있는 것을 보았다. 아니, 그렇게 느껴졌다. 긴장이 한꺼번에 풀리자 추운 밤바람이 확 끼쳐 왔다. 정신이 번쩍 들었다. 5천 킬로미터 넘게 날아온 낯선 곳이었지만 밤하늘의 별빛은 다르지 않은 것 같았다. 별빛을 받으며, 산속의 야나, 첫날을 지나고 있었다.

한 달 후, 봄기운이 피어나는 날, 야나는 결혼식을 또 올렸다. 우즈베키스탄에서 한국에 도착한 날, 두려웠던 산길을 벗어났을 때, 안심하라는 불빛으로 자신을 맞았던 그곳. 화천 읍내의 예식장에서 야나는 새하얀 웨딩드레스를 입고 두 달 넘게 걸린 결혼 이주의 긴 여정을 마무리했다. 비로소 누군가의 아내가 되었다는 것이 실감이 났다. 기쁨인지 설렘인지 알 수 없는 마음 한구석에 우즈베키스탄의 친구들에 대한 그리움도 자리 잡았다. 눈가가 조금 촉촉해져서 얼른 딴생각을 했다.

지난 한 달 동안, 야나는 화천에서 먹을 수 있는 면 요리는 거의 다 먹은 것 같았다. 칼국수, 라면, 막국수, 냉면, 잔치국수, 자장면, 짬뽕 등등. 그 외에도 이름을 까먹은 여러 면 요리, 시누가 사주는 면 요리를 먹으며 야나는 이게 한국의 풍습인가 보다, 생각했다. 맛있는 것도 한두 번이지 면 요리를 매일 먹는 것은 고역이었다. 된장찌개와 밥이 그렇게 먹고 싶었던 때는 이후로 없었다. 차가운 국물에 담긴 면 요리는, 식은 음식에 얼음을 넣어 먹는 것 같아서 정말 힘들었다.

한국에 도착한 날, 신랑이 사줬던 삼계탕도 그렇고, 형님들이 사주는 면 요리도 그렇고, 외국에 나가면 음식 고생이란 말이 실감 났다. 고려인들이 먹는 음식은 이제 한국 사람은 먹지 않는 모양이라고 생각하며 끼니를 때웠다. 그런데 나중에, 한국어가 익숙해진 다음에 들은 이야기는 달랐다. 형님들도 제 나름대로 먼 외국에서 온 신부를 신경 쓴다는 마음에서 당장 먹을 수 있는 것은 면 요리라고 판단한 것이었다. 야나는 지금도 면 요리를 먹을 때면 그때 일이 떠올라 젓가락질을 멈추고 잠시 웃었다.

결혼식이 끝나고 본격적인 시댁살이가 시작되었다. 시어머니는 결혼 전에 돌아가셨고, 시아버지와 함께 살던 막내아들(남편)은 결혼 후 분가하지 않고 그대로 아버지를 모시기로 했다. 말 설고 낯선 땅에서 야나는 홀시아버지를 모시게 되었다. 하지만 '며느리 사랑은 시아버지'라는 말 그대로 시아버지는 남편보다 더 야나를 챙겼다. 남편이 출근한 뒤에는 주로 시아버지와 있었으므로 한국어도 자연스럽게 배우고 농사일도 같이 하면서 시아버지의 사랑을 듬뿍 받았다.

　결혼한 그해, 야나는 첫아이를 가졌다. 입덧이 심하지는 않았지만, 야나는 막걸리가 못 참을 정도로 먹고 싶었다. 하지만 첫 아이가 몸속에서 자라는데 술이 먹고 싶다고 남편에게 이야기할 수가 없었다. 그렇다고 말도 잘 통하지 않는데, 더욱이 임신한 몸으로 막걸리를 사러 갈 수도 없었다. 푸념하듯이 아버님 앞에서 혼잣말을 했다. 그날 오후였다.

　"아가야, 냉장고 문 한번 열어봐."

　그러고는 어떤 설명도 없이 밖으로 나가셨다. 야나는 고개를 갸우뚱하며 냉장고 문을 열었다. 거기엔 막걸리 한 병이 놓여 있었다. 시원한 막걸리를 마시는데 눈에선 뜨거운 눈물이 맺혔다. 오후 늦게 돌아온 시아버지가

김서인
화천

검지를 자신의 입에 대고 쉿, 했다. 여러 말이 필요 없었다. 남편에게는 비밀이라는 뜻임을 알아차렸다.

그렇게 남편도 모르는 비밀을 간직한 채 시아버지는 막내 내외의 곁을 떠나 시어머니가 계신 곳으로 가셨다. 시아버지의 병세가 오르내리는 몇 해 동안, 야나도 걱정과 안도의 마음을 오르내리며 한 해 한 해를 지냈다. 야나가 김서인이란 한국 이름으로 주민등록증을 받았을 때, 시아버지는 얼마나 기뻐하셨던가.

장례를 치르고 제사를 지내는 일도 막내아들인 남편과 자신의 몫으로 남았지만 야나는 당연한 듯이 여겼다. 아니, 그래야 한다고 생각했다. 제사에서 벗어난 형님들이 이런저런 간섭과 잔소리를 해도 그러려니 했다. 물론 해가 갈수록 심해져서 마음먹고 한마디는 했다. 우리가 알아서 할 테니, 모실 것 아니면 신경 쓰지 마시라고.

다시는 돌아갈 수 없을 줄 알았던 우즈베키스탄에 그동안 야나, 아니 김서인 씨는 두 번 갔다 왔다. 첫째를 낳은 서인 씨를, 남편은 산후조리를 핑계 삼아 우즈베키스탄으로 아이와 함께 보내주었다. 큰돈을 선뜻 내어준 남편이 너무 고마워, 자신을 납치하는 것이 아닌가, 첫날 버스 안에서 의심한 것이 새삼 미안해졌다. 또 한 번은 정부에서 결혼 후 5년 동안 고향에 가지 못한 이주여성들에게 비용을 주는 제도를 통해서였다. 황량한 산과 들로 영원히 바뀔 것 같지 않았던 우즈베키스탄도 갈 때마다 변해 있어서 서인 씨는 바뀐 자신의 이름만큼 세월의 흐름을 새삼 느꼈다.

자신과 성격이 비슷한 남편과는 말다툼도 거의 하지 않았고, 어쩌다 서로의 말이 어긋나도 한 시간을 넘기지 못하고 풀어졌다. 결혼 초기 이주여성들이 가정폭력을 많이 당하고 산다는 이야기를 접하고, 남편에게, 나에게 손끝 하나라도 대면 바로 우즈베키스탄으로 돌아가겠다고 단호하게 말했다. 남편은 그런 일 없을 거라고 약속했고, 그 약속을 지켰을 뿐만 아니라 그 누구보다 자상했다. 시아버지는 말 그대로 '며느리 사랑' 그 자체였다.

그럼에도 서인 씨는 힘들었다. 육아와 집안일에 더해 농사일까지 하루 24시간이 모자랄 지경이었다. 우즈베키스탄에서 계속 살았어도 겪었을, 아니, 여기보다 더 힘들었을 테지만, 그렇다고 그것을 위안으로 삼을 수는 없었다. 여전히 서인 씨는 그림을 그리고 싶었고, 사람들을 만나 이야기를 나누는, 가족 이외의 동아리에도 참가하고 싶었다. 이주여성이라고 해서, 일이 쌓여 있다고 해서 포기할 수 없는 서인 씨의 바람이었다.

김서인
화천

아이들이 커서 육아를 벗어날 때쯤 기회가 찾아왔다. 화천군의 이주여성에게 지역사회와 만나도록 하는 몇몇 프로그램이었다. 그림뿐만 아니라 노래도 곧잘 하는 서인 씨는 합창단에 들어갔다. 그리고 다른 프로그램에도 참여하고 그림도 그리기 시작했다.

하지만 지역사회라는 곳은, 특히 화천처럼 산으로 둘러싸인 지역은 개인의 삶이 제대로 보장되지 않았다. 한두 사람 건너면 다 아는 사이이기 때문에 뒷말이 많았다. 이민자여서, 여자여서, 씩씩한 성격이어서 들어야 하는 뒷말은 견딜 수 없었다. 그런 생각이 들자, 프로그램 참여가 즐겁지 않았고 마치 또 다른 농사일처럼 느껴졌다. 시간이 부족한 것은 둘째치고, 성격에 맞지 않게 말을 아끼고 조신해야 하는 것은 견디기 힘들었다.

그러다가 새로운 동아리를 만나게 되었다. 연극을 한다고 했다. 그런데 생애전환을 위한 문화예술학교라는 어려운 말이 따랐다. 어려운 말은 제쳐두고 연극은 드라마에서처럼 말과 몸짓으로 연기를 하는 것인데, 아직도 서툰 한국말로 연극을 할 수 있을까, 잠시 머뭇거렸다. 더욱이 자기처럼 외국에서 온 사람들이 아닌 한국에서 자란 사람들과 섞여 그 많은 말을 제대로 할 수 있을지 걱정이었다.

하지만 서인 씨, 씩씩한 야나가 아닌가. 농사일로 하루 종일 뙤약볕에 있는 일도 이제는 익숙해졌는데 그깟 말쯤이야 아무것도 아니었다. 말을 줄이라는 무언의 압박을 받았던 지난 프로그램을 생각하면 더없이 자신에게 맞는 동아리인 것 같아 선뜻 새 프로그램에 참여했다.

프로그램 참여자는 50대를 전후한 나이였다. 그런데 모이고 보니 화천에서 태어나서 자란 토박이는 한 사람도 없었고 전부 이곳으로 이주해 온 사람들이었다. 그중에서 서인 씨가 가장 먼 곳에서 온 사람이었다. 서인 씨처럼 결혼 이주한 일본 사람도 있었고, 서울에서 살다 온 사람도 있었다. 프로그램을 진행하는 선생님들도 서울에서 극단을 하다가 문화예술도 지역 균형 발전이 필요하다는 큰 뜻을 품고 온 연극인들이었다.

그런데 연극을 한다는 프로그램이 연극은 하지 않고 말만 시켰다. 살아온 이야기, 힘든 이야기, 기쁜 이야기, 슬픈 이야기……. 그리고 무슨 놀이를 했다. 비석치기라는 놀이였는데, 서인 씨는 생전 처음 해보는 놀이였다. 그 놀이 이후 그동안 조금은 서먹서먹했던 사람들 사이에 이야기꽃이 피기 시작했다. 하지만 그 이야기꽃은 동아리 바깥으로는 배달되지 않았다. 뒷말이 없는 동아리, 서인 씨는 드디어 말문이 열리기 시작했다. 남편은

김서인
화천

서인 씨에게 프로그램 이후 너무 말이 많아졌다고 투덜거렸다. 서인 씨는 남편의 말이라도 아니다 싶으면 바로 받아쳤다. 서인 씨의 한국어가 늘기도 했지만 자신의 생각을 표현하는 데 주저함이 없어진 까닭이었다.

코로나19로 프로그램 활동에 제약이 많았다. 무엇보다 함께 여행을 가지 못한 것에 서인 씨도, 다른 참여자들도, 선생님들도 아쉬워했다. 코로나19가 끝나면, 하는 단서를 붙여 모두의 버킷리스트에 동아리 여행을 넣어두었다. 서인 씨에게 프로그램에서 가장 인상 깊었던 때는 자신의 이야기를 다른 사람이 연기했을 때였다. 자신의 이야기를 쓰고 말한 것을 다시 대사로 정리해 발표하는 시간이었다. 내 이야기를 다른 사람의 목소리로 몸짓으로 듣고 볼 때의 느낌은 색달랐다. 이게 연극이구나, 하고 자연스럽게 느끼게 되었다. 그리고 인생은 연극이라는 말도 이해하게 되었다.

자신의 이야기를 다른 참여자를 통해 들으면서 씩씩한 야나, 서인 씨는 눈시울을 붉혔다. 선명하게 다가온 지난 삶이 슬프고 기쁘고 아쉽고 행복했다. 생애전환이라는 어려운 말도 이해되었다. 서인 씨에게 생애전환은 이미 20대에 일어났었다는 것을. 버스를 타고 의심 가득한 눈으로 남편을 바라보며 산속으로 산속으로 들어올 때, 그 길이 바로 생애전환의 길이었음을.

　'산속의 야나.' 선생님들과 생애전환 문화예술학교의 친구들이 붙여준 이름. 그 이름으로 연극을 만들어 공연하는 게 서인 씨의 꿈이 되었다. 아이들이 잘 자라고, 남편과 함께 캠핑카를 타고, 우즈베키스탄에서는 볼 수 없었던 나무들로 무성한 산과 시원한 바다를 누비며 여행하는 것도 서인 씨의 꿈이다. 그리고 이 모든 것을 담아 아름답게 표현한 그림을 그리는 것도. 씩씩한 서인 씨, 산속의 야나는 이제, 겨우 오십. 삶의 마디 하나가 또 선명하게 새겨졌다.

김서인
화천

06

정해숙
무안

정해숙 님은,

철갑을 두른 듯 단단한 소나무를 안고 눈물을 흘린 시간부터 새로운 삶을 시작했다. 어린 시절부터 꿈꾸던 많은 꿈이 마치 소나무 껍데기처럼 딱딱해져 자신의 몸에 붙어 있다고 여기며 그 꿈들을 다시 부드럽게 만들려는 활동을 하고 있다. 19세에 결혼한 이후 살아진 나날들을 돌아보며 자신과 마주했고, 그동안 얻은 마음의 고통도 조금씩 치유해나가려고 다양한 사회 프로그램에 참여하고 있다. 봉사활동도 병행하며 바쁘게 살아가느라 일주일이 행복 스케줄로 가득한 그이에게는, 자신과 비슷한 아픔을 가진 사람들과 함께 쉬고 이야기를 나누는 치유의 공간을 마련하는 것이 생애전환 이후의 새로운 꿈이다.

그이가 참여한 프로그램은 전남 생애전환 문화예술학교 〈우아한 오춘기, 슬멍슬멍학교〉〈이제는 나를 위한 U-Turn〉(2021)이다.

철갑을 두른 듯, 딱딱해진 꿈

나무를 안았다. 두 팔을 한껏 펼쳐도 손끝이 한참 미치지 못하는 아름드리 소나무. 해는 졌지만 아직 남은 빛이 어둠에 섞여 있는 박명薄明 때였다. 소나무의 우듬지에 긁힌 하늘이 점점 검어지고 있었다. 저녁 산바람이 선뜻 불어와 기온을 떨어뜨렸지만 나무는 속에 햇볕을 담아두었는지 사람을 안을 때보다 따뜻했다. 사람들은 말이 없었다.

나무를 안아보는 건 색다른 경험이지만, 특별한 일은 아니었다. 나무는 어디나 있고, 마음만 먹으면 안아보는 건 어려운 일이 아니었다. 하지만 곰곰 생각해보니 나무를 안아본 일이 있었던가. 기억이 또렷하지 않았다. 어렸을 때 그랬던 것 같은데, 언제쯤이었을까 어디에서였을까, 어떤 나무인지는 고사하고 심지어 나무의 모습도 잘 떠오르지 않았다. 그저, 희미하게 그랬겠지, 하는 마음이 앞섰고, 그 마음에 맞춰 기억이 만들어지는 것 같았다.

단단하다 못해 딱딱한 껍데기가 덕지덕지 붙은 소나무를 안았음에도 부드럽다는 느낌이 들 정도로 나무는 따뜻했다. 저녁 공기가 차가워져 생긴 온도 차이 때문만은 아니었다. 다른 사람들도 모두 나무를 안고 표피에 볼을 대고 지그시 눈을 감고 있었다. 나무를 안은 자세는 달랐지만 모두 따뜻함을 느끼고 있는 것 같았다. 선생님도 말없이 참여자들의 모습을 바라보고 있었다.

정적을 깬 것은 해숙 씨였다. 큰 소리를 내거나 움직인 것이 아니었다. 그저, 조그마한 소리, 아주 작은 흐느낌과 함께 눈물을 흘렸을 뿐이었다. 나무들은 너무도 고요했고, 나무를 안은 사람도 어느새 나무가 되었기에 작은 소리에도 모두의 귀가 열리고 말았다. 하지만 해숙 씨는 다른 참여자들을 신경 쓰지 않고 계속 눈물을 흘리고 있었다. 오히려 다른 이들이 해숙 씨의 눈물에 조금씩 전염되어갔다. 마침, 남아 있던 낮의 빛도 사라지고 사위는 완연히 밤 속에 들어 있었다. 가만히 나무를 안고 눈물을 감추기에는 적당한 분위기, 좋은 시간이었다.

오늘 프로그램에 대해 선생님은 자세한 설명을 해

정해숙
무안

주지 않았다. 밖에 나가서 나무를 안아보는 시간을 갖는다는 정도로 말했을 뿐이었다. 나무를 왜 안는지, 어떻게 안는지, 나무를 안으면 어떤 효과가 있는지 말해주지 않았다. 해숙 씨는 그저, 나무를 안으면 마음이 편안하겠군, 정도 생각했을 뿐이었다. 다른 참여자들도 해숙 씨처럼 고개를 끄덕이거나 잠시 생각하는 듯하다가 별말 없이 선생님을 앞서거니 뒤서거니 하면서 밖으로 나갔다.

생애전환 문화예술학교 프로그램, 〈이제는 나를 위한 U-Turn〉에 참여를 권유받았을 때만 해도 지금까지 해왔던 프로그램과 비슷하려니 생각했다. 그도 그럴 것이 무안군과 목포대학교가 함께한 지역 특성 프로그램의 운동 관련 강좌에서 만난 목포대 체대 교수님이 그대로 이 프로그램의 선생님이기 때문이었다.

하지만 프로그램은 생소했다. 처음 몇 회가 진행되자 자꾸 마음을 뒤흔드는 이상한 프로그램이라는 생각이 들었다. 이제는 건강을 생각하고 마음을 다스려 노후를 안정되게 살 준비를 해야 할 나이인데, 살아온 날을 돌아보며 자신과 마주하거나, 생각해봤자 어쩔 수 없는 지난날을 다시 떠올려 이야기를 나누게 했다.

그런데 이상한 프로그램이 이상하게도 싫지 않았다. 오히려 즐겁기까지 했고 이 나이에 무엇에 흔들려보나,

하는 생각이 들었다. 더욱이 지난날의 꿈은 돌이킬 수 없는, 어쩔 수 없이 포기한 뜬구름이 아니라 아직도 늦지 않았다고 흔드는 희망의 손짓이 아닐까. 아득한 그때의 꿈이 이미 지난, 헛된 꿈인 줄 알았는데, 이루지 못한 꿈, 그래서 버릴 수 없는 꿈이 아닐까 하는 생각에 이르렀다. 그렇게 서서히 프로그램에 젖어갈 때쯤 오늘 이 사달이 나고 만 것이었다.

해숙 씨는 나무와 함께 울었다. 나무를 안았을 때 자신의 몸에 닿았던, '철갑을 두른 듯' 거칠고 딱딱한 껍데기가 마치 지난날의 꿈과 힘들었던 일이 웅어리져 굳은 것처럼 느껴져 울음을 멈출 수가 없었다. 상처에 붙은 딱지가 몸의 일부가 돼버린 듯한 느낌, 떨치지도 못하고 애써 외면하며 살아온 웅어리진 지난날이 바로 소나무에 덕지덕지 붙은 그 껍데기 같았다.

해숙 씨는 자신을 닮은 소나무가 불쌍했고, 대견했다. 그리고 웅어리진 지난날을 하나하나 불러내 거기에 굳어 있는 자신과 만나고 싶었다. 소나무야, 네게도 말랑말랑한 꿈이 있었겠구나, 하는 마음이었다. 손끝에 닿는 소나무의 껍데기를 쓰다듬으며 해숙 씨는 어린 날로 돌아갔다.

어느 날, 해숙의 집으로 젊은 여인이 찾아왔다. 한눈에 봐도 도시에서 온 여자였다. 어깨 너머로 들은 집안 어른들의 이야기를 짜 맞춰보면 그녀는 해숙의 작은아버지를 찾아 서울에서 먼 남도까지 내려온 것이었다. 하지만 작은아버지는 이미, 집안에서 정해준 작은어머니와 결혼한 상태였다. 집안 어른들은 쉬쉬하며, 그녀를 해숙의 집에 묵게 했다.

만딸로 언니가 없었던 해숙은 그녀를 언니라고 불렀다. 서울에서 내려온 언니는 그동안 보아왔던 동네의 젊은 여자들과는 사뭇 달랐다. 밥도 새 모이만큼 먹었을 뿐만 아니라 그마저 가끔 건너뛰었다. 그리고 밤늦게까지 노트에 뭔가를 적어 내려갔다. 어느 아침, 해숙은 잠든 언니의 머리맡에 펼쳐져 있는 노트를 봤다. 거기엔 어른의 작은 글씨로 아름다운 말이 수놓아져 있었다. 지금까지 보지 못했던 글이었다. 분명 학교에서 배운 동시처럼 쓰여 있는데, 사랑이나 그리움, 아픔 같은, 알 듯 말 듯한 말이었다.

해숙은 알쏭달쏭한 그 말을 입속에 넣어보았다. 무슨 뜻인지 알 수 없었지만 생소한 단어들이 입속에서 구를 때는 이를 닦고 난 것처럼 산뜻해지는 기분이었다. 이런 글은 책에서 말고는 본 적이 없었다. 아무래도 언니는 작가 지망생인 모양이었다. 그때부터 해숙에게 언니는, 작은아버지를 찾아온 서울 여자가 아니라, 닮고 싶고 따라 하고 싶은 멋진 작가 언니였다. 학교에서 돌아오면 언니를 찾았고, 가녀린 손목으로 노트에 뭔가를 써 내려가는 언니의 뒷모습을 자는 척 몰래 지켜보기도 했다.

며칠 지난 휴일, 해숙은 언니를 따라 목포 시내에 나들이를 갔다. 언니는 맛있는 것도 사주고, 예쁜 옷도 한 벌 사주었다. 해숙은 그 옷을 입고 어린 언니라도 된 듯이 기뻤다. 언니는 해숙의 손을 잡고 목포극장으로 향했다. 극장 간판에는 주인공인 여배우의 얼굴이 커다랗게 그려져 있었다. 해숙은 언니의 얼굴과 배우의 얼굴을 번갈아보았다. 하지만 여주인공은 언니만큼 예뻐 보이지는 않았다.

〈스잔나〉라는 영화를 보는 내내 해숙과 언니는 눈물을 쏟았다. 한 남자를 두고 두 자매가 벌이는 사랑 싸움. 결국 착한 언니의 남자 친구를 차지하지만 6개월 시한부 삶을 선고받는 비련의 주인공인 스잔나의 이야기였다. 해숙은 스잔나가 불쌍해서 펑펑 울었다. 사랑이 무엇인지, 죽음이 무엇인지 몰랐지만, 그것은 슬프고 눈물 나게 하는 것이라고 생각했다.

영화를 보고 온 며칠 뒤, 학교에서 돌아온 해숙은 여

느 때처럼 언니를 찾았다. 하지만 언니는 없었다. 다시 서울로 올라갔다는 엄마의 말을 듣고 해숙은 스잔나를 떠올렸다. 아무래도 언니가 자신의 처지를 생각하고 그렇게 펑펑 울었던 게 아닌가, 어렴풋이 짐작했다. 언니는 떠났지만 해숙의 마음속엔 언니가 남아 있었다. 언니와 같은 나이가 되면 자신은 비련의 주인공이 아닌, 아름답고 슬픈 소설을, 시를 쓰는 작가가 되겠다고 다짐했다.

책이 귀했던 시절이었다. 해숙은 엄마와 5일장에 갔을 때, 길가 난전에 부려놓고 파는 소설책을 사다가 읽기도 했다. 어려웠지만 읽고 또 읽었다. 속속들이 그 내용을 파악할 수는 없었다. 어딘가 있을 법한데 생각해보면 그렇지 않은, 소설의 분위기와 인물, 그들의 대화와 독백이 좋았다. 어떤 대목을 읽을 때면 가슴 한쪽이 시리면서도 따뜻해졌다. 그래서 중학교 때 이후, 가장 좋아하는 과목은 당연히 국어였다. '작가 정해숙'이라는 꿈은 중고등학교 소녀 시절 내내 뭉게구름처럼 커져갔다.

'꿈이 있었지, 넌 글을 쓰고 싶었던 꿈 많은 소녀였어.'

해숙 씨는 마치 눈 맑은 소녀와 마주한 것처럼 어린 해숙에게 이야기하고 있었다. 혼잣말이었지만 대화였다. 제대로 자신과 마주한 사람만이 할 수 있는 2인칭 독백. 그러자 소나무 껍데기의 조각 하나가 부드러워진 것 같았다. 해숙 씨의 눈은 여전히 젖어 있었다. 언젠가부터 잊었던 꿈, 꿈꾸었다는 기억조차 잃어버렸던 꿈이 되살아나는 것 같아 가슴이 아릿했다. 해숙 씨는 손을 더듬어 쓰다듬듯이 다른 껍데기에 손바닥을 댔다.

소녀 해숙은 고등학교를 실업계로 진학했다. 꿈은 여전히 작가였지만, 여러 여건과 형편으로 실업계 고등학교에 진학할 수밖에 없었다. 종갓집 종손의 큰딸인 해숙은 고등학교를 졸업할 때 담임선생님의 권유로 서울에 취업할 준비를 하고 있었다. 선생님은 영민한 해숙을 특별히 아꼈다. 서울의 직장을 알아봐주는 것도 마다하지 않았지만, 다니다 그만두는 일이 있더라도 어떻게 해서든지 대학에 진학하라고 귀에 못이 박히도록 강조했다.

해숙도 내심, 국문과를 가겠노라 다짐하고 서울의 직장 자리를 기다리고 있었다. 서울에 가서 어떻게 해서든지 대학에 가겠다는, 막연하지만 절실한 계획을 세우고 있었다. 하지만 세상일은 소녀 해숙의 마음처럼 쉽게 풀리지는 않는 법이었다. 잠시 일할 생각으로 농협에 취업하게 되었고, 영민했던 해숙은 일을 야무지게 해내며 서울에서 소식이 오기를 기다리고 있었다.

그러던 어느 날, 직장 상사가 해숙에게 퇴사를 권유

했다. 권고사직이지만 회사의 방침이 아닌, 순전히 그 직장 상사 개인의 판단이었다. 일도 잘하고 있었고, 사람들과의 관계도 나쁘지 않았다. 그런데 퇴사를 권유받은 해숙은 어리둥절했다. 그런데 그 사유가 가관이었다. 너와 결혼하려고 하니 회사를 관두라는 것이었다.

당시, 결혼을 앞둔 여성은 대부분 회사를 관두는 것이 사회의 통념이었다. 그런 시절이었다. 결혼을 하고도 회사를 다니는 여성은 한동안 삐딱한 시선을 감내해야 했다. 아무리 그렇더라도 고백을 이런 식으로 받는 것은 어안이 벙벙한 일이었다. 더욱이 해숙은 아직, 열아홉 살 소녀였다. 마치 윗사람의 명령 같은 고백을 받고, 해숙은 고민하지 않을 수 없었다. 더욱이 그 집은 해숙의 집처럼 종갓집이었고, 그는 종손이었다.

집안사람들은 대체로 반대하는 분위기였다. 스무 살도 되지 않은 어린 해숙을 종갓집 종손에게 시집보내면 그 고생을 애가 어떻게 감당하겠느냐는 것이 이유였다. 그런데 가장 크게 반대할 줄 알았던 어머니는 그렇지 않았다. 아버지의 불안정한 직업으로 고생해온 어머니는 직업이 확실한 사위 자리를 반긴 것이었다.

서로 잘 알고 지내왔던 양가는 결국, 두 사람을 결혼시키기로 했고, 열아홉살 해숙은 종갓집 종손의 맏딸에서 종갓집 종손 며느리로 옮겨가게 되었다. 그나마 다행인 것은 집안사람들이 우려했던 혹독한 시집살이는 없었다는 점이다. 시부모는 모두 좋은 분이었다. 시어머니는 해숙을 딸처럼 여겼고, 해숙도 시어머니를 어머님이라 하지 않고 엄마라고 불렀다.

시부모에게는 해숙이 마치 물가에 내놓은 아이 같았던 모양이었다. 살림은 당연히 모를 것이라고 여겼고, 하는 일마다 실수투성이였지만 오히려 웃음으로 다독여주고 가르쳐주었다. 문제는 남편이었다. 시어머니도, 나가 배불러 낳았지만 워째 저라냐, 하고 며느리를 위로했다. 그렇다고 남편이 한눈을 팔거나 가족을 책임지는 일을 소홀히 한 것은 아니었다. 오히려 너무 책임감으로 똘똘 뭉친 게 탈이었다. 더도 말고 덜도 말고 딱 종갓집 종손이었다.

남편은 취미도 없었다. 결혼 전에는 데이트한다고 극장에라도 같이 가면 영화 보는 내내 딴청을 하거나 졸기 일쑤였다. 어둡고 컴컴한 곳은 답답해서 견딜 수가 없다는 것이었다. 스스로도 옛날에 태어났으면 장군이 되었거나, 독립운동을 했을 것이라고도 했다. 옳다고 생각하면 옆에서 천둥이 치고 번개가 날아도 눈썹 한 올 까딱하지 않을 성격이었다. 텔레비전을 볼 때도 뉴스와 정치

토론 프로그램만 봤다. 가끔, 친구들이 해숙에게 두 아들 성격은 누구 닮았는지 물어 올 때가 있었다. 애 아빠는 안 닮았다고 하면 모두들, 다행이네, 할 정도였다.

남편을 이해하려 하면, 종갓집 종손이란 책임감에 스스로를 돌보지 않는 삶을 살아온, 그 나름의 스트레스가 얼마나 클까, 하는 생각이 들지 않는 것도 아니었지만, 그 하중을 오롯이 자신이 받았기에 야속함이 느껴지는 것을 넘어 때때로 집을 뛰쳐나가고 싶은 심정이었다. 하지만 시어머니가, 너 업시면 난 못 살아야, 할 때는 마음속으로라도 차마 발이 떨어지지 않았다.

결혼을 한 뒤에도 해숙은 몇 년 동안 입시철이 되면 가슴앓이를 했다. 국문과에 진학해 작가가 되려는 꿈은 쉽게 사라지지 않았고, 어떻게든 대학에 가라는 선생님의 말씀이 귀에 생생했다. 나중에 알게 된 사실이지만 담임선생님은 결혼한 그해 남편을 만나 해숙을 꼭, 더 공부시키라고 부탁했다는 것이었다. 하지만 남편은 선생님을 만난 사실을 아예 숨겼다. 결국, 해숙 씨는 꿈을 꼬깃꼬깃 접어 마음속 저 깊은 구석에 넣어두어야만 했다.

남들이 보면 집 안에 쌀 떨어진 적 없고, 시부모님이 친정 부모 이상으로 대해주는데 무슨 행복에 겨워 투정이냐고 할지도 몰랐다. 하지만 '남 중병보다는 내 감기'

라고 하지 않았던가. 시어머니조차 안타까운 마음에 집 안일보다는 바깥일이 어울린다고 했을 정도로 해숙 씨는 하고 싶은 일이 너무도 많았다. 그것들을 하나하나 접어 마음 구석에 넣어온 시간이 바로 해숙 씨의 삶이었다.

그렇게 살아오는 동안 두 아이는 밀폐된 방에 뚫린 구멍처럼 해숙 씨를 숨 쉬게 해주었다. 초등학교 때부터 고등학교 졸업할 때까지 두 아이의 공부를 위해 광주에서 지낸 적이 있었는데, 그때가 해숙 씨에게는 더없는 위안의 시간이었다. 두 아이는 성격이 달랐다. 첫째는 조용히 공부를 잘했고, 둘째는 친구를 두루두루 잘 사귀었다.

광주시에서 마련한 상담 교육을 받고 아이들 또래의 청소년을 상담한 일은 힘들었지만 살아 있다는 느낌을 해숙 씨에게 주었다. 밤에는 논술 공부하는 아들을 위해 새벽까지 신문 기사를 스크랩했고 낮에는 청소년 상담으로 바쁘게 살았다. 그때 이후 불면증이 생겨 지금까지 나아지지 않고 있지만, 해숙 씨는 그때만큼 편히 숨 쉰다는 느낌을 받은 적이 없었다.

아이들, 특히 둘째는 여러 친구와 어울려 다니기도 했지만 해숙 씨가 상담을 시작한 이후, 훌쩍 어른스러워 졌다. 우리 엄마가 너희 같은 애들 잘되라고 상담하는데, 자식인 내가 야자 안 하고 놀러 갈 수 없다며 단호하게 거절했다는 얘기를 들었을 때는 보람 이상의 뿌듯함을 느꼈다. 두 아들은 성인이 되어 집에서 독립한 뒤에도 엄마의 마음속 응어리를 녹여주는 친구처럼 지내고 있어서 해숙 씨를 늘 든든하게 해주었다.

해숙 씨는 나무를 안고 껍데기 하나하나를 어루만지며 마음속 응어리를 녹였다. 굳었던 꿈이 녹고, 응어리진 지난 삶이 풀리는 것 같았다. 나무는 마치 해숙 씨의 마음을 아는 듯, 선선하게 불어오는 저녁 바람에 가지를 부드럽게 흔들고 있었다. 우수수하는 소리가 들려왔다. 그 소리가 마치 자기를 깨우는 소리 같아 해숙 씨는 하늘을 올려다보았다. 깜깜한 하늘에 별이 몇 개 총총 박혀 있었다. 오늘은 반짝이는 것이 느껴질 정도로 별들이 유난히 가까워 보였다.

　해숙 씨는 생각했다. 다시 태어난다면 꼭 여자로 태어나 결혼보다는 하고 싶은 일을 하면서 능력과 지혜로써 모든 여성의 친구가 되고 멘토가 되어 세상의 빛이 되겠다고. 해숙 씨는 깨달았다. 인생에서 뭔가를 이루고 얻고 완성하는 것도 좋지만, 하고 싶은 일을 했는데 그 일이 잘되지 않았거나, 다 마치지 못했더라도 그것은 실패가 아니라 행복의 싹을 심고 키우는 과정이라는 것을.

지금 해숙 씨는 이미 그런 삶을 시작했다. 열아홉 살 그때로부터 몇십 년이 흘렀지만, 오히려 그래서 더 행복해지는 삶을 시작했다. 해숙 씨는 요즈음 일주일 내내 바쁘지 않은 날이 없다. 봉사활동, 사회 활동, 프로그램 참여 등 하고 싶은 일에는 주저하지 않았다. 집에서는 아무것도 안 해도 피곤한데, 나가면 힘이 났다. 이런 자신을 이해하고 남편으로부터 바람막이가 되어준, 지금은 아흔이 넘은 연세에도 해숙 씨를 찾는, 시어머니를 생각하자 또 눈시울이 뜨거워졌다.

해숙 씨는 작가가 되고 싶었던, 아니, 되고 싶은 꿈을 생각했다. 작가의 꿈은 자서전으로 이루겠다고 자신을 닮은 소나무에게 속삭였다. 그리고 또 다른 꿈, 생애 전환 문화예술학교 〈이제는 나를 위한 U-Turn〉 프로그램을 하며 생긴 꿈을 생각했다. 멀지 않은 미래의 어느 날, 사람들이 편히 쉬고, 차 마시며 이야기를 나눌 수 있는 공간을 마련해놓고 그곳에서 마음을 다친, 그러나 어디에서도 드러내고 이야기할 수 없는 사연을 가진 여자들, 동병상련의 그들과 우리가 되어 지내는 꿈.

나무는 말이 없었다. 하지만 해숙 씨는 듣고 있었다. 우수수 바람에 흔들리는 소리에서 흔들리며 지나온, 나무를 닮은 해숙 씨의 삶의 이야기를. 해숙 씨는 보고 있었다. 여전히 소나무 껍데기는 철갑을 두른 듯 딱딱하지만 해숙 씨의 꿈은 부드럽게 녹고 있음을. 나무가 전해준 온기를 품고, 해숙 씨는 오늘 밤, 오랜만에 푹 잘 수 있을 것 같았다. 눈물을 거두고 밤하늘을 올려다보았다. 해숙 씨의 꿈이 남은 생에 박혀 총총 빛나고 있었다.

07   임봉선
대전

임봉선 님은,

생애전환 문화예술학교가 시작된 2018년부터 2021년
까지 매년 프로그램에 참여했고, 홍보용 포스터 등의
모델로도 활약하며 행복한 인생 2막을 살아가고 있
다. 젊은 날의 어려운 환경이 이후 결혼 생활에서도 이
어져 한시도 돈 걱정 없이 지내온 날이 없지만, 그 모
든 것이 전생의 업을 갚는 시간이었다고 생각한다. 그
업을 50여 년 동안 갚았기 때문에 이제는 정말 행복한
삶, 꿈꾸는 삶을 살아가려 한다. 이는 생애전환 문화예
술학교가 계기가 되었다고 여긴다. 한 번도 그림 잘 그
린다는 소리를 듣지 못했고, 스스로도 그렇게 생각해
왔지만, 이제는 여러 문화예술 프로그램을 거치면서
그림을 배워 지금은 몇 권의 시 그림책을 간행한 어엿
한 그림작가이다. 마을 일과 그림책 여행 등 하고 싶은
일은 바로 하는 게 행복이라고 여기며 살아가고 있다.

　　그이가 참여한 프로그램은 생애전환 문화예술
학교 〈가로부터의 변혁, '느끼는 대로'〉(2021), 〈꽃보
다 작가, 어쩌다 마주친 [　] 나〉(2020), 〈꽃보다 작가,
서로 물들어가다 지금, 우리의 삶에 질문을 던지다〉
(2019), 〈꽃보다 작가, 일상탈출〉(2018)이다.

봉선 씨는 욕심도 많지

소녀는 커튼 속으로 파고들었다. 커튼은 소녀의 작디작은 몸을 다 감쌀 듯이 넓었지만 종아리 아래에는 미치지 못했다. 소녀의 발이 자리를 잡지 못하고 까치발을 섰다가 내렸다가를 반복했다. 커튼이 흔들렸다. 가까스로 두 발이 자리를 잡았다. 커튼이 잠시 멈추는 듯하더니 이내 다시 흔들리기 시작했다.

하지만 소녀의 두 발은 움직이지 않았다. 커튼의 흔들림은 아래쪽이 아니라 소녀의 머리와 닿은 곳에서부터 시작되었다. 점점, 흔들림이 커지더니 어느 순간에는 출렁이기까지 했다. 창문은 열려 있지 않았다. 2월이었고 교실에는 소녀 이외에는 아무도 없었다.

소녀는 울고 있었다. 오늘부터 소녀는 어른이지만, 소녀일 때도 이렇게 슬픈 눈물을 흘린 적이 없었다. 어른이 된 첫날부터 울음이라니, 부끄럽고 서러웠다. 아무도 없는 곳을 찾아 소녀는 교실로 들어왔다. 졸업식을 마치고 친구들은 대부분 교문 밖 어른의 세계로 나갔다. 당분간 그들은 이곳을 찾지 않을 것이다. 운동장 언 땅 위에서 몇몇이 소녀 시대의 끝자락을 사진에 담고 있었다.

오늘, 소녀의 울음을 받아주는 것은 교실 커튼밖에 없었다. 평소에는 하늘을 가리고 운동장을 가리고 바람을 가리는, 소녀가 창밖으로 시선을 돌릴 때마다 뭐든지 가리던 커튼이 얄미웠었다. 그런데 오늘은 자신을, 자신의 눈물과 서러움을 가려주는 커튼이 그렇게 고마울 수가 없었다. 한동안 부끄러움도 잊은 채, 소녀는 한없이 울었다.

졸업식장에서는 오히려 담담했다. 친구들이 상을 탈 때나, 교장 선생님 말씀 때는 고개를 숙이고 하품까지 했다. 재학생 대표의 송사와 졸업생 대표의 답사가 이어질 때, 주위에서 흐느끼는 소리가 들렸지만 소녀의 눈에서 울음기라고는 찾을 수가 없었다. 식장의 눈물은 졸업의 노래를 부를 때 절정을 이뤘다. '우리들도 언니 뒤를 따르련다'는 재학생들에 이어 '잘 있거라 아우들아 정든 교실'로 졸업생들의 노래가 이어질 때조차 소녀는, 눈물로 흔들리는 친구들의 음정과 박자와 가사에 휘둘리지

임봉선
대전

않고, 정확한 음정과 박자와 가사를 지켜냈다.

물론, 살짝 감정이 울컥한 대목이 없었던 것은 아니었다. '빛나는 졸업장을 받은' 소녀는 그 노래 대목을 들을 때도 그랬지만, 시험지 넘겨받듯이 받은 졸업장을 손에 쥐었을 때 몸속 저 밑에서 샘솟는 어떤 감정을 느꼈다. 슬픔이라고 하기에는 단단했고, 화라고 하기에는 물렁했다. 단단하면서도 물렁한 그 기분, 그랬다, 그건 서러움이었다. 그때, 서러움의 모양은 아마, 원통형이었을 것이다. 소녀를 가두고 주위에 빙 둘러찬 서러움.

소녀는 졸업식이 끝난 다음 졸업장을 들고 교무실로 갔다. 담임선생님은 소녀에게서 빼앗다시피 졸업장을 돌려받았다. 그 순간, 소녀는 어른이 되지 못하고 다시 학생으로 돌아갔다. 빈손을 내려다보며 소녀는 선생님의 말을 듣고 있었다. 마음은 얼른 이곳을 벗어나고 싶었다. 하지만 소녀는 마지막 날에도 '선생님 말씀'을 들어야 했다.

"졸업장, 잘 보관하고 있을 테니, 첫 월급 받으면 바로 찾아가도록 해라. 이러고 싶지 않지만, 나도 어쩔 수 없구나."

소녀는 졸업생 중에서 유일하게 등록금을 다 내지 못한 학생이었다. 분기별로 내는 등록금을 제때 내지 못하는 학생들이야 종종 있었고, 등록 마감일이 지나면 담임선생님은 그 학생들을 조회 시간이나 종례 시간에 호명해 여러 차례 다짐받는 일이 있어왔지만, 졸업 때까지 4분기 등록금을 내지 못해 졸업하지 못하는 일은 드물었다. 제때 등록금을 가져오지 못해 호명되는 소녀들 중 하나였을 때는 창피하다는 것 말고는 달리 느낌이 없었다.

그런데 이제, 졸업장을 혼자만 반납하게 된 처지가 되자, 소녀는 서러웠다. 부모님을 원망해서 그런 것도 아니고, 선생님이 야속해서 그런 것도 아니었다. 다른 친구들에게 창피해서는 더더욱 아니었다. 그런 창피라면 등록금 미납자로 호명될 때 이미 모두 써버렸다. 그랬다. 결국 혼자 남겨졌다는 외로움이 서러움을 흔들고 있는 건지도 몰랐다.

선생님의 위로와 다짐이 채 끝나기도 전에 소녀는 교무실을 나왔다. 닫히는 문틈으로 선생님의 잔소리가 비어져 나왔다. 그 소리가 몸에 들러붙을까 봐 소녀는 서둘러 교실로 내달렸다. 아무 생각도 없이 교실로 향했고 교실 문을 급히 열고 들어갔지만 한동안 소녀는 문 앞에 서 있었다. 왜 교실로 왔는지 머릿속에는 이유가 없었다. 아무래도 혼자 있을 곳이 필요했는지 몰랐다. 그런 생각에 이르자, 지금까지 참아왔던 서러움이 한꺼번에 위로

임봉선
대전

밀고 올라와 몸 밖으로 터져 나왔다.

소녀는 서러움을 흘리면서 창으로 걸어갔다. 창밖 운동장에는 아직 떠나지 않은 몇몇 졸업생이 가족과 어울려 사진을 찍고 있었다. 그 모습을 내려다보며 소녀의 온몸은 서러움이 되어갔다. 커튼은 서러움을 가리고 소녀를 감쌌다. 커튼 밖 세상은 단단하게 오후로 내달렸지만 커튼은 소녀와 서러움을 감싸 안고 한동안 흔들리고 있었다.

봉선 씨는 느닷없이 떠오른 장면에 한동안 움직이지 못했다. 글쓰기 프로그램의 선생님이 내준 과제를 하려고 책상 앞에 앉았던 봉선 씨. 지난날의 즐거웠던 일, 슬프거나 괴로웠던 일, 잊었던 일 등을 찬찬히 생각해내 다음 시간에 발표하는 과제였다. 그런데 생각지도 못했던 그때 그 일이 물밀듯이 밀려왔다. 미처 적을 새도 없이 너무도 생생하게 쏟아진 기억은, 오롯이 온몸에 담아야만 했다. 그리고 그날 그곳의 소녀처럼 가슴 한쪽이 아리도록 봉선 씨는 흔들렸다.

지금은 커튼도 없고 아무것도 가릴 것이 없지만 상관이 없었다. 서러움은 이미 그때 다 쏟아버렸고 이제는 그 흔들림만이 오롯이 전해져왔다. 그 기억을 적어나가기 시작했다. 이 글을 다음 시간에 발표할 수 있을까, 잠시 망설였다. 하지만 그동안 프로그램이 진행될수록 부끄러운 줄도 모르고 자신의 속마음을 펼쳐놓는 자신에 적잖이 당황하면서도 뿌듯했었다.

여기서는 그래도 된다는 확신이 들었다. 이 프로그램 이전에도 몇몇 프로그램에 참여해본 적이 있지만, 이번 프로그램은 뭐라고 말로 정확하게 설명하기 어렵지만, 달랐다. 이전의 프로그램은 뭔가 기능이나 기술, 같은 것을 배우는 것이었다. 예를 들면 음악이나 미술, 동화 구연처럼 제목만 봐도 딱, 알 수 있는 프로그램이었다.

하지만 생애전환 문화예술학교는 이름도 꽤 어려웠다. 생애를 어떻게, 왜 전환하지, 하는 생각도 들었고, 문화와 예술로 생애를 전환하는 게 뭘까, 하는 생각도 들었다. 프로그램에서는 여느 프로그램과 다를 것 없이 글도 쓰고 노래도 하고 그림도 그리고 연기도 하고 춤도 췄다.

그런데 그걸 잘하는 게 중요하지 않았다. 어떻게 해야 잘 쓰고 잘 그리고 잘 연기하고 잘 추는지 방법을 가르쳐주지 않았다. 그보다는 참여자와 선생님, 참여자들끼리 서로 자연스럽게 소통하는 것이 중요했다. 활동의 결과물을 발표하고 들으며 서로 공유했고, 격려하고 위로하면서 이해의 폭을 넓혀나갔다.

임봉선
대전

처음에는 속을 내놓는다는 게 어렵고 힘들었다. 하지만 회를 거듭할수록 앞서서 발표도 하고 이야기도 했다. 무엇보다 좋았던 것은 자신을 제대로 돌아보고 마주한다는 것이었다. 그렇게 마주한 자신을 그림이나 글, 연극으로 풀어내고, 서로 소통해나가면서 자연스럽게 자신을 인정하고 사랑하게 되었다. 봉선 씨는 다시, 그때의 일을 떠올리며 기억을 정리해나갔다.

소녀 봉선의 가정 형편을 잘 아는 담임은 졸업식 전에 경리 보조로 일할 수 있도록 한 회사를 소개해주었다. 하지만 그곳은 최악이었다. 아무리 보조라고는 하지만 부기簿記는 고사하고 계산도 서투른, 인문계 고등학교를 나온 봉선 씨 같은 사람이 스스로 일을 할 수 있는 곳이 아니었다. 그렇다고 차근차근 가르쳐가며 일을 시키지도 않았다. 그곳은 언제나 주눅이 들어 살아왔던 봉선 씨 같은 사람을 더 한껏 옴츠러들게 만들었다.

일만으로도 벅차고 생소하고 어려운데, 사람들마저 봉선 씨를 닦달하고 심지어 은근히 조롱했다. '어리다고 놀리지 말라'는 노래는 그곳에서는 통하지 않았다. 이제 막 소녀를 벗어난 신입 사원에게 회사와 사람은, 특히 사장은 어떤 배려도 하지 않았다. 모든 것을 이미 배워서 오로지 일만을 기다려온 사람이 사장에겐 필요했던 모양이었다.

　　그럼에도 봉선 씨는 버텼고 첫 월급을 받아 눈물의 졸업장을 받아 왔다. 그때 선생님이 어떤 말을 하며 졸업장을 돌려줬는지 기억나지 않았다. 졸업장이 아니었다면 아마, 그곳에 먼저 들어왔거나 뒤에 들어온, 봉선 씨와 같은 일을 했던 사람들처럼 그곳을 때려치웠을지도 몰랐다. 하지만 가장 먼저 나갈 거라고 했던 사장의 말이 무색하게 봉선 씨는 10년 가까이 그 회사에 다녔다. 처음 들어올 때와 거의 다를 것 없는 박봉을 견뎌가며.

　　그렇다고 봉선 씨가, 어디 두고 보자, 하는 심정으로 버텨냈던 것은 아니었다. 더 좋은 곳이 있다는 생각도, 스스로 뭔가를 배워 더 나은 능력을 기르겠다는 깜냥도 없었다. 그 모든 어려움이 어쩔 수 없는 자기 때문이라고 생각했다. 어렸을 때부터 어머니에게서 들어왔던, 키도 작고 못생기고 잘하는 게 없는 애라는 말이 봉선 씨를 그렇게 만들었다. 자신감이라든지, 자존감이라든지 하는 말은 들어본 적도 없었고, 자존심이란 말도 고집불통과 같은 말로만 알고 있었다.

여기까지 돌아본 봉선 씨는 잠시 시간을 건너뛰어, 그림 그리는 자신을 떠올렸다. 지금 참여하고 있는 '희망찾기 사회적협동조합' 대표가 아니었다면 자신이 그림 그리는 것을 좋아하고, 잘 그릴 수 있다는 자신감을 얻지 못했을 것이다. 20대 때의 그 사장과 지금의 대표가 비교되었다. 그때 대표와 같은 분을 만났다면 그동안의 삶이 더 나은 삶이 되었을까, 하고 자신에게 물어봤지만 꼭 그럴 것 같지는 않았다. 사람에게는 조건도 중요하지만 스스로 어려운 환경을 극복하려는 의지와 계획이 있어야 한다고 이미 깨달았기 때문이었다.

더욱이, 불교 신자인 봉선 씨는 지난 60여 년의 삶에서 만난 사람들, 자신에게 가혹했던 사람들을 탓하지 않기로 했다. 그저 전생의 업을 갚았다고 생각했다. 60이 넘어서야 겨우 그 업을 모두 갚았기 때문에 이제 정말 행복한 삶이 다가온 것이라고도 생각했다. 억울하거나 괴로움을 가득 안고 나이만 먹었다는 생각은, 그래서 들지 않았다. 그때 가혹했던 사장이 있었기에, 지금 자신이 몸 담고 있는 협동조합의 대표를 만날 수 있었던 게 아닌가, 하고 깨닫게 된 것이었다.

봉선 씨가 그림을 그리게 된 계기는 이랬다. 협동조합 일과 관련된 사람들이 함께 공유한 대화방에 새해 인사로 연하장을 그려 올렸을 때였다. 그림 그리는 것을 좋아했던 것도 아니고, 그림을 그릴 줄 안다는 자각도 없을 때였다. 문자나 이모티콘으로만 신년 인사를 하는 것이 식상해서 조금 색다른 방식을 찾게 된 것이 그림이었다. 그렇다고 컴퓨터에 직접 그릴 수 있는 방법을 알지 못했기에, 종이에 그려 사진을 찍어 올렸다. 새해 복 많이 받으시라는 글자도 비뚤배뚤한, 노력과 정성을 빼면 특별할 것도 없는 그림이었다.

그런데 이를 본 대표가 그림을 좀 배워보는 게 어떻겠느냐며 프로그램을 소개해주었다. 하지만 봉선 씨는, 내가 그림을, 하며 의아해했다. 아무리 취미로 그림을 그리더라도 오래전에 접었던 꿈이 있거나, 주위에서 썩히기 아까운 재능이란 소리를 들어왔거나, 최소한 아주 어렸을 때에라도 그림 그리는 것을 좋아했던 기억이 있는 사람이 배우는 게 아닐까, 했기 때문이었다.

하지만 봉선 씨는 그런 소리를 들어본 적도, 어릴 때 그림 그리기를 좋아했던 적도 없었다. 오히려, 네가 뭘 할 수 있다고, 하는 말에 늘 주눅 들어 살아왔던 어린 시절, 소녀 시절이었다. 그렇기에 스스로도, 그림은 다른 사람의 일이나 취미인 줄로 여겼다. 그때는 그냥, 평소에 격려와 배려를 많이 해주는 대표의 인사로만 생각했었다.

임봉선
대전

봉선 씨는 마침, 참여자를 모집 중이던 대전문화재단 지역특성 프로그램에 지원해 그림을 그리기 시작했다. 수업은 옛 건축물을 찾아가서 스케치하고 물감으로 마무리 작업을 하는 것이었다. 눈에 보이는 것을 그대로 그리는 것이었고, 고개가 아플 정도로 정성스럽게 그려 나갔다. 쓱쓱, 그려진 것은 아니었지만 생각보다 어렵지 않았다. 프로그램의 마무리는 완성된 그림을 전시하는 것이었다. 전시된 그림은 또 달라 보였다. 자신의 이름이 선명하게 붙은 수채화를 한동안 바라보며 봉선 씨는 50이 훌쩍 넘어 발견한 자신의 재능에 놀랐고 또 행복했다.

봉선 씨의 재능은 '시 그림책'으로 꽃을 피웠다. 대전 지역 시인의 시에 그림을 그려 그림책을 완성하는 프로젝트였다. 첫 작품으로 하미숙 시인의 시에 그림을 그린, 같은 이름의 그림책 『남선공원』을 완성했다. 비록, 서점에서 판매되는 책은 아니지만, '작품'이라고 해도 전혀 부끄럽지 않은 그림책이었다. 소량 제작되어, 표지에 '임봉선 그림'이 선명히 인쇄돼 있는 그의 첫 작품집이었다.

봉선 씨는 동화 구연으로 봉사활동을 할 무렵, 어느 동화책 작가의 사인회에서 책에 사인을 받을 때가 생각났다. 그때, 사인을 받으면서 그림 작가가 되고 싶다는 얘기를 정말 아무 생각 없이 했는데, 그 말이 씨가 되어 이렇게 나무로 자라게 될 줄이야, 그때는 몰랐다.

봉선 씨는 다시 기억의 시계를 거꾸로 돌려 30대로 돌아 갔다. 느닷없이 치른 결혼은 기대와 달리 20대의 힘든 생활을 그대로 이어가게 했다. 경제적 어려움은 그 어떤 마음으로도 극복하기 어려웠다. 남편의 벌이로는 도저히 생활이 어려워 봉선 씨는 힘든 일도 마다하지 않고 돈벌이에 매달렸다. 그렇게 30대를 보내고 40대를 지나 50이 넘어도 경제적으로 달라진 것은 크게 없었다. 대형마트에서 캐셔와 식품 판매 등을 하며 까마득한 그 긴 세월을 견뎌왔다.

그럼에도, '연꽃은 진흙 속에서 핀다'는 말처럼, 힘든 세월을 지나오는 중에도 아이들은 환경을 탓하지 않고 건강하고 예쁘게 자랐다. 그런 아이들을 볼 때마다 봉선 씨는 더없이 미안하고 한없이 고마웠다. 그 아이들이 이제 어른이 되어 색연필을 선물하고 그림 도구를 장만해줄 때는 칙칙했던 지난 세월이 갑자기 무지갯빛으로 바뀌는 듯했다.

그때 일이 그림처럼 떠오르는데 갑자기 병원 입원

임봉선
대전

실이 그림 속을 파고들었다. 폐암이란 진단을 받았을 때의 철렁했던 마음은 어떤 그림으로도 쉽게 표현할 수 없었다. 초기라는 말은 그때, 위로가 되지 않았다. 더욱이 수술 전날 왼팔이 골절되어 설상가상이었다. 잡힌 수술 날짜를 미룰 수 없어서, 긴급으로 정형외과 수술을 먼저 하고 연달아 흉부외과 수술을 했다. 6년을 넘겨 완치 판정을 받았지만 이후, 위에 작은 종양이 생겨 시술을 받는 일도 겹쳤다. 한 번 겪은 일이라고 그때는 그래도 마음이 무너지지는 않았다.

이런 어려움을 겪고 난 뒤에 만난 프로그램이 바로 '생애전환 문화예술학교'였다. '꽃보다 작가'라는 이름에 걸맞은, 5명의 선생님이 프로그램 내내 모두 함께했던 프로그램이었다. 손과 발, 몸을 움직여 나를 표현하고 다른 사람의 표현을 느끼며 소통했다. 소통은 그저 대화하는 것인 줄 알았는데, 몸으로 표현하고 교감하는 것이 왜 필요한지 프로그램에 참여해보고서야 봉선 씨는 알게 되었다.

　프로그램 내내 봉선 씨는 자신을 발견해나갔고, 더불어 다른 사람을 이해해나갔다. 2018년부터 4년 동안 프로그램에 참여했고, 프로그램 홍보 모델도 했다. 또한,

선배 참여자로서 후배 참여자들 앞에 강사로도 서게 되었다. 그동안 생각지도 못했던 나를 발견하는 순간, 잊어버리고 잃어버렸던 나를 찾은 순간을 통과했다. 내가 누구인지, 앞으로 다가올 나의 인생은 어떻게 맞아야 할지를 진지하게 고민했다. 나를 위해 하고 싶은 일을 해야겠다는 생각에 이르러서는 더없이 행복했다.

봉선 씨는, 이런 순간들이 순간으로 끝나지 않기를 바랐다. 순간이 영원하기를 꿈꾸었다. 그래서 봉선 씨는 욕심이 많아졌다. 2020년 〈꽃보다 작가〉 프로그램의 부제였던 '어쩌다 마주친 [   ] 나, 나도 몰랐던 [   ] 나를 만난다'의 괄호 속을 채울 말이 한두 가지가 아니었다.

무엇보다 그림과 관련된 일에 욕심이 생겼다. 현재 활동하고 있는 '희망찾기 사회적협동조합'에서 그림책과 관련된 일을 찾고 만들고 펼치고 거듭하고 싶었다. 인문학 그림책 여행, 한옥 여행, 그림책 자서전 수업 등등 욕심이 샘솟았다. 〈산성마을신문〉에 연재 중인, 그림책을 소개하는 꼭지에 글도 열심히 쓰고, 마을 활동도 꾸준히 펼쳐나갈 것이다.

그리고 그림도 더 열심히 그릴 것이다. 『남선공원』을 시작으로 봉선 씨의 시 그림책 작품은 4권이 되었다.

임봉선
대전

모두 대전 지역 시인의 시로 그린 그림책인데, 최근에 작업한 변선우 시인의 시에 그림을 그린『복도』는 젊은 시인의 시여서 해석하기 어려웠지만, 그만큼 생각도 많이 했고, 그것을 이미지로 떠올려가며 작업해서 그런지 애착이 가는 그림책이었다. 이상철 시인의 시에 봉선 씨 부부의 모습을 넣어 탄생한『우산 하나』는 그리면서 눈물과 웃음을 머금었던 그림책이었다.

지난봄에 오른손에 문제가 생겨 내내 그림을 그리지 못하는 봉선 씨에게 아이들이 태블릿 피시를 선물해주었다. 하나하나 색연필로 그리는 것보다는 손에 무리가 덜 가게 그릴 수 있어서였다. 아이들의 고마운 마음에 봉선 씨는 또 욕심이 하나 더 늘었다. '임봉선 글 그림'이라는 표지를 꿈꾸는 것이었다.

봉선 씨는 자꾸 늘어나는 자신의 욕심을 행복이라는 말로 바꿔보았다. 딱, 맞는 말이었다. 하고 싶은 것을 하고 사는 즐거움이 행복이고, 그 행복이 계속될 수 있기를, 나만 즐거울 것이 아니라 다른 사람도 모두 행복하기를 바라는 마음이었다. 60이 넘어 만난 생애전환 문화예술학교는 봉선 씨의 행복 출발점이었다. 지금, 봉선 씨는 그 길을, 쉬며 걸으며 달리며, 행복하게 가고 있다.

08

정해길
함양

정해길 님은,

어렸을 때는 골목대장이었을 정도로 활달한 성격이었
으나 대구로 이사한 중3 이후부터 대학 졸업 때까지는
다른 사람의 눈에 띄지 않는 조용한 학생으로 보냈다.
고등학교 때, 국문과를 나온 누나의 영향으로 문학에
관심을 가져 시문학 동아리 활동을 하기도 했다. 하지
만 문학에 대한 그의 관심은 취미 이상으로 나아가지
못했다. 대학은 경영학과를 선택했다. 졸업 후 취업해
사회생활을 하면서 잠재되어 있던 활달한 성격이 다시
살아나 바쁜 직장 생활 중에서도 문학 독서 모임을 주
도했다. 문화 기획에 관심을 가진 것도 이때부터였다.
자신이 생각하는 삶의 방향과 맞지 않는 직장 생활을
정리하고 귀농을 결정, 함양에 정착했다. '6차 산업'이
라고 일컬어지는 농사, 가공, 체험 등이 결합한 경제활
동을 하면서 문화 기획자로서 지역사회에 관심을 두고
활발히 활동하고 있다.

그이가 매개자로서 참여한 프로그램은, 〈인생 후
반전, 신중년 문학과 함께 한 달 살아보기〉(2018)이며,
〈신중년을 위한 2018 생애전환 문화예술교육 포럼: '생
애전환기' 왜 문화예술교육과 만나야 하는가?〉에 참여
해 발제를 했다.

지금부터 '꼬신내' 나는 나이

해길 씨는 체험관 한쪽, 자신의 의자에 앉아 창밖으로 먼 산을 바라보고 있었다. 첩첩산중, 자신이 지난 5년 동안 논밭과 전통 참기름 제조 공장, 농장·목공 체험관 등을 일궈온 일을 떠올리며 아득히 멀리 보이는 첩첩한 산에 눈길을 주었다. 그 산 하나하나가 귀농 후 자신이 이룬 일이라도 되는 듯이 마치 산수화처럼 펼쳐진 산의 음영을 음미했다.

더 큰 일이 계속 겹쳐 오는 것을 산 너머 산이라고 하지만 해길 씨에게 그 비유는 나쁘게만 여겨지지 않았다. 자신이 함양으로 와서 이룬 일은 마치 등산과 같았다. 한 걸음 한 걸음 꾸준히 발걸음을 내디뎌 결국 정상에 올랐다. 그때 흘린 땀과 아픈 다리는 오롯이 자신의 것이었으므로 보람되고 기뻤다. 산 너머 산은, 그러므로 해길 씨에게는 어려움의 연속이 아니라 보람의 연속이었고, 실제로도 자신을 포근하게 감싸주는 함양의 높은 산들이었다.

해길 씨의 귀농 생활 중에 큰 비중을 차지한 것은 이러저러한 프로그램 기획과 실행이었다. 고등학생 때 시동아리 활동 때부터 관심을 가져왔던 문학과 관련한 프로그램뿐만 아니라, 마을의 작은 행사나 장터에 문화 프로그램을 접목해서 행사를 풍성하게 하는 데에도 앞장섰다. 2018년에 있었던 〈문학으로 한 달 살아보기〉라는 생애전환 문화예술학교 프로그램은 해길 씨의 기획 역량을 높이는 계기를 마련해주었다.

귀농으로 바쁜 가운데에서도 해길 씨가 프로그램 기획에 큰 관심을 갖는 것은, 개인적인 취향일 뿐만 아니라 귀농한 마을 일과도 관련이 있었다. 농촌의 인구가 고령화되고 그마저 감소하는 추세지만, 최근 10여 년간 이루어지고 있는 귀농, 귀촌, 귀향 등으로 해길 씨가 정착한 함양 마을도 인구 감소가 둔화되는 상황을 맞은 것이었다. 하지만 전원생활이라는 것이 말처럼 녹록하지도 않았고, 자연에 묻혀 지내는 것도 길어야 3년이면 데면데면해져 느린 산속의 삶이 지루해지기 마련이었다.

그래서 그들의 네트워크가 필요했고, 공간적으로

따로 떨어진 사람들을 한데 모을 수 있는 데는 문화예술 프로그램만큼 좋은 것이 없었다. 물론 이전에도 함양군 내에서 진행돼온 문화센터 등의 프로그램이 없었던 것은 아니었다. 하지만 거기에 참여할 수 있는 조건은 한정되어 있었다. 네트워크로 연결된 사람들이 모임이나 프로그램을 계기로 소통하는 것이 아니었다. 대개의 프로그램은 개인이 시간을 내서 기술이나 취미를 배우는 것이었고, 사람과 사람이 만나는 것에 특별한 의미를 부여하지는 않았다.

지역적 특성을 반영한 프로그램이란 꼭 지자체에서 주관하는 프로그램과 일치하는 것은 아니었다. 전국에서 일반화된 프로그램, 독서 모임이라든지, 외국어를 배우는 프로그램이라든지, 악기를 배우는 프로그램 등은 지역의 단체나 지자체에서 주관해도 지역 특색이 반영된 프로그램이라고 할 수 없었다. 한국문화예술교육진흥원이나 한국문화예술위원회 등에서 큰 틀을 마련하고 각 지역의 문화예술 단체나 기획자가 내용을 채워 진행하는 프로그램이 지역적 특성을 갖춘 프로그램에 더 가까웠다. 이런 이유로 해길 씨는 생애전환 문화예술학교 프로그램에 일찍이 관심을 가지고 참여했고, 함양에서 자신이 내용을 채운 프로그램을 진행할 수 있었다.

함양은 인구수에 견줘 넓은 지역이지만 참여자 모집에 어려움을 겪지는 않았다. 평소 다양한 네트워크가 활성화되어 있는 상황이었고, 귀농뿐만 아니라 귀향하는 사람도 공동체 활동을 하고 있고 그 숫자가 꽤 됐다. 더욱이 10~15명, 소수를 모집했기 때문에 모집이 쉬웠다. 함양에서 쭉 농사를 지어온 토박이뿐만 아니라, 귀촌인도 도시에서 살다 온 사람, 사업이나 장사를 했거나, 직장을 다니다 온 사람 등 다양했지만, 소설책이나 시집을 한 권도 읽어보지 않은 참여자가 60~70퍼센트일 정도로 문학을 알지 못한다는 공통점이 있었다.

해길 씨는 깊이 있게 들어가기보다는 문학을 접하게 하는 데 중점을 두는 방식으로 참여자에게 다가갔다. 문학과 만나게 하겠다는 목표도 있었지만, 그것보다 중요하게 생각했던 것은 어떤 틀에 얽매이지 않는 프로그램을 만드는 것이었다. 그래서 책을 많이 읽고 글을 많이 쓰게 하는 대신 프로그램에 참여하는 동안만이라도 문학적인 분위기에서 지내도록 했다. 문학촌이나 생가, 문학관 등 문학적인 장소를 찾아가거나, 시인이나 소설가 등 작가를 만날 수 있는 자리를 마련했다.

또한, 프로그램과 관련한 사전 지식을 특별히 알려주거나 알아 오라고 하지도 않았다. 그것마저 부담이 될 수 있다고 생각했기 때문이었다. 그리고 프로그램에서는 억지로 이야기를 만들거나 꾸미기보다는 자기 안에 있는 날것의 이야기를 끄집어내고 드러낼 수 있도록 했다. 분위기가 고양되면 평소에 말이 없던 사람도 다른 사람에게 자신의 속내를 드러내 이야기를 들려주거나 글로 표현할 수 있다는 확신도 있었다.

그 결과, 전혀 예상치 못했던 참여자의 글이 모두를 감동시키는 일도 일어났다. 하지만 참여자 중에 문학을 기대했던, 그러니까 글 쓰고 발표하고 서로 의견 나누는, 전형적인 문학 모임을 기대했던 분들은 오히려 중도에 포기하기도 했다. 반면에 전혀 사전 지식 없이, 문학을 거의 접해보지 않았던 분들은 프로그램이 마무리될 때까지 남았고, 처음과 달라진 자신의 모습에 스스로 놀라기도 했다.

그동안 잊고 지냈던, 잃어버렸던 자신의 이야기, 삶을 돌아보고 이를 다른 사람에게 이야기함으로써 자신을 찾는 계기를 마련한 프로그램이었다고 해길 씨는 평가했다. 참여자는 나이, 신중년, 인생 이모작 등의 키워드를 통해 자신의 삶을 정리했고 문학이라는 분위기를 통과하면서 자신의 이야기를 글로 표현했다. 처음에는 자기소개도 서툴던 참여자가 프로그램의 어느 순간부터 자신을 이야기하기 시작했고, 글로 그 이야기를 정리한 것만으로도 프로그램은 그 나름대로의 성과를 얻었다고 해길 씨는 자부했다.

그중에서도 기억에 남는 참여자는 귀농한 지 5년 정도 된 60대 중반의 부부였다. 여느 귀농인들처럼 두 사람은 귀농 후 서너 해 동안은 경제활동을 열심히 했다. 그러다 일이 끊기고 열 달 정도 되었을 즈음에 프로그램에 참여했다. 부부 사이가 특별히 나쁘지는 않았지만 그렇다고 좋지도 않은, 맹숭맹숭, 데면데면한 상태였다. 두 사람은 특별한 명상도 하고, 통영에 있는 문학관도 찾아가고, 시인·소설가·아동문학가 등 초대 작가를 만나는 프로그램에 끝까지 참여하면서 생활에 변화가 왔다.

귀농을 하는 대개의 사람들은 자연 속으로 들어간다는 마음으로 오지만, 그것도 3년 정도 지나면 퇴색하기 마련이다. 느리게 흘러가는 산속 시간에 무료함을 느껴 결국, 시골 생활에 적응하지 못하고 다시 도시로 나가기 십상이었다. 두 사람은 그런 고비에 프로그램을 만나 전원생활이라는 환상에서 깨어났고, 산속 생활에 적응하는 계기를 마련했다. 그런 뒤 농촌을 자기 삶의 터전으로 받아들이고 활동하기 시작했다.

또 한 참여자는 평소에는 말수도 적었고, 자신을 잘

160

정해길
함양

드러내지 않던 50대 남성이었다. 지리산 자락 악양에 살고 있는 박남준 시인의 집에서 하룻밤을 보내는 프로그램 때였다. 박남준 시인은 시적인 표현은 멋을 부리지 않고 자연과 사물을 있는 그대로 대하는 태도에서 온다고 했다. 누구를 소개할 때 그 사람을 잘 표현하기 위해 힘쓰듯이 자연과 사물을 그 상태 그 입장에서 이야기하는 것이 시라고 했다.

그는 시인과 함께 낮밤을 지내면서 사물을 보는 눈, 자연을 대하는 태도가 달라졌다. 평소 현실적인 눈으로는 절대 볼 수 없는 것을 그날 시인과 함께 낮밤을 지내면서 보게 되었다. 그리고 풀과 바람과 꽃과 나무와 돌과 흙을 시인처럼 표현하기 시작했다. 바위가 얼마짜리 석재가 아니라, 자신의 마음속으로 들어와 그 무게로 자신을 안정시킨 생명체가 되는 시적 순간을 경험한 것이었다.

시적 감동이 모두에게 밀물처럼 밀려들었을 그날 밤, 문학적인 충만함이라고나 할까, 글을 써보자는, 그런 시간을 가져보자는 이야기가 나왔다. 미리 계획한 것도 아니었고, 준비한 것도 아니었다. 테이블도 없는 방 안에서 엎드리거나 무릎에 노트를 올려놓고 참여자들은 글을 쓰기 시작했다. 정적 속에서 사각사각 소리만 한동안 울렸다.

살아오면서 단 한 번도 아버지 이야기를 꺼내본 적이 없었던 그는 자신의 이야기를 마치 마음속 바위를 묘사하듯이 글로 쓰기 시작해 아버지에 대한 이해와 그리움을 드러냈다. 글을 처음 써본 사람의 글이라고는 할 수 없을 정도로 그 글은 감동적이었다. 이를 지켜보던 해길 씨는 프로그램을 시작하고 처음으로 기획자가 아니라 참여자로 자신도 글을 쓰고 싶다는 욕구가 생겼다. 나라면 어떤 이야기를 할 수 있을까, 하는 물음에 이어 지난날이 주마등처럼 흘러갔다.

　벌써 며칠째 집에 가지 못했다. 공장 숙소가 없다면 새벽에라도 집에 갔을 테지만 다음 날 아침을 생각하니 엄두가 나지 않았다. 집에 간다고 해도 겨우 몇 시간 자고 아침 일찍 허겁지겁 나와야 하니, '홈 스위트 홈'은커녕 '내 쉴 곳은 작은 내 집뿐'이라고도 할 수 없었다.

　물론, 집은 해길 씨 같은 직장인에게 업무로 지친 몸을 쉬게 해주는 세상에서 가장 편한 곳이었다. 하지만 회사에 다녀오는 게 아니라 집에 다녀오는 모양새라면 문제가 달랐다. 두세 시간 출퇴근하는 것은 힘들지 않았다. 문제는 업무의 특성상 퇴근 후에도 긴장을 늦출 수 없는 술자리가 연속된다는 데 있었다.

정해길
함양

해길 씨는 그나마 직원 숙소가 있어서 다행이라고 위안을 삼았다. 퇴근은 사무실에서 나온다는 것을 의미할 뿐, 이후에 이어지는 술자리가 오히려 업무에 더 가까웠다. 술이 문제였던 것이 아니었기에 부서 동료들과 갖는 회식 자리는 오히려 편안했다. 노동조합 사람들과 거의 매일이다시피 함께하는 술자리는 정말 마음 편히 술을 마실 수 있는 시간이 아니었다.

웃고 떠들고 호기롭게 의기투합하지만 마음 안쪽은 언제나 긴장이 가득했다. 노조의 요구와 노조원의 어려움을 귀 기울여 들었지만, 노사 갈등을 해소하기 위해 해길 씨가 노조의 요구를 들어줄 수 있는 것은 근본적으로 없었다. 다만, 어려움을 함께 극복해보자, 서로 한 발씩만 물러서서 차분하게 생각해보자 등등 약속 아닌 약속을 하는 게 최선이었다.

과장으로 승진해 언양 사업장으로 발령이 났을 때에는 평사원이었을 때보다 뭔가 운신의 폭이 넓어질 줄 알았다. 울산 사업장보다 3분의 1밖에 되지 않는 규모였으므로 그만큼 자신의 판단이 중요해질 줄 알았다. 하지만 회사의 방침을 관철해야 하는 데에는 변함이 없었고, 과장이라는 직책은 책임만 더 늘어난 자리라는 것을 알 때까지는 시간이 그리 오래 걸리지 않았다. 부서의 인원도 울산 사업장보다 훨씬 적다 보니 일거수일투족이 그 대로 드러났기 때문에 일을 게을리 할 수도 없었다.

그랬기에 숙소에서 지내기 일쑤였고, 더군다나 서 울에서 내려온 윗사람을 챙겨야 하는 일까지 더해졌다. 이 일만 없었으면 주말은 꼬박 집에서 지낼 수 있을 터였 다. 하지만 서울에서 내려온 직속 상사를 보필해야 하는 것도 업무라면 업무였으므로 주말에도 집에 가지 못할 때가 잦았다. 상사는 '주말에는 집에 다녀오라'고 했지 만, 그 말 앞에 '나는 못 가지만'이라는 조건이 붙었기 때 문에 해길 씨는 '집에 가봐야 더 피곤하다'며 뻔한 거짓 말을 할 수밖에 없었다.

해길 씨는 군대에서 본 하사관이 딱 지금의 자신이 아닐까, 했다. 직업군인 중 가장 낮은 계급. 아래로 수많 은 의무 군인인 병들을 관리하고 위로는 소위부터 층층 이 장교 챙기는 일이 딱 과장인 해길 씨의 일이었다. 업 무보다 업무 이외의 일, 공식적인 일로 잡히지 않는, 관 행적으로 꼭 해야 하고 챙겨야 할 일이 해길 씨에게는 더 큰 스트레스였다. 대학 시절에 곧잘 불렀던 〈늙은 군인 의 노래〉가 남 일 같지 않았다.

직장인은 사표를 가슴에 품고 다닌다는 말이 유난 히 실감 나는 때였다. 하지만 사표는 호기롭게 던지는 것

정해길
함양

이 아니라, 그저 가슴에 품는 것이어야 했다. 직장을 관두고 새롭게 인생을 출발하려는 마음이 한껏 차올랐다 싶으면 직급이 오르거나 연봉이 늘었다. 그러면 한껏 차올랐던 마음이 누그러졌다. 또 몇 년 지나 도저히 안 되겠다 싶으면 아이들에게 들어갈 목돈이 필요한 때가 성큼 다가왔다.

아이들이 자라면서 교육비도 만만찮게 늘어만 갔다. 아이러니하게도 그 돈을 버느라 3~4년 동안은 정작 아이들 크는 것을 제대로 살펴볼 수가 없었다. 안정된 직장이란 이런 것인가, 생각하다가도 이번 고비만 넘기면 반드시 그만두고 자신의 일을 찾아야겠다는 생각을 오가느라 마음의 안정이 무너질 때가 잦아졌다.

그때 해길 씨는, '직장은 마약 같은 것'이라고 깨달았다. 조금씩 강도가 더해지면서 매달 꼬박꼬박 입금되는 월급에 길드는 생활. 금단 현상이 생길 때마다 보너스가 더해지고 연봉이 올랐다. 영화나 드라마에서 마약에서 헤어나지 못하는 등장인물을 볼 때마다 자꾸 감정이입이 되는 것도 이런 생각을 하고 나서부터였다.

해길 씨는, 여기서 부장 달고 이사에 오르고 한들 그 생활이 과연 자신의 삶일까, 하는 회의가 들었다. 큰애는 공부를 마치고 직장을 잡았지만, 작은애는 아직 공부를 마치지 못했기에 그 애가 공부를 마칠 때까지만, 하는 마음도 없지는 않았다. 하지만 이번에는 좀 독하게 마음먹기로 했다. 아무래도 지금이 아니면 자신이 쓰러지거나 구조조정을 당할 것 같았기 때문이었다.

해길 씨가 처음 직장에 들어갔을 때만 해도 이런 마음은 아니었다. 'IMF 구제금융' 때였으므로 직장에 다닐 수 있는 것만으로도 감지덕지했었다. 구제금융의 여파로 부서의 직급 높은 선배들이 줄줄이 구조조정을 당해 회사를 떠나야 했다. 해길 씨는 2년 차 사원이었으므로 태풍의 눈 속에서 안전하게 회사에 남을 수 있었다.

회사에 남았다는 것은 또한 잘리지 않으려고 헌신해야 함을 의미했다. 그렇게 '집에 다녀오는 생활'을 반복했다. 시계추처럼 반복되는 생활 속에서 해길 씨의 마음에서는 무기력함이 조금씩 자라났다. 5, 6년 지나 결혼을 했지만 직장에 얽매이는 생활은 변화가 없었다. 그때, 문학 동아리는 그나마 추운 겨울의 주머니 난로 같은 역할을 했다.

그리고 또 하나, 경영대학원에서 최고경영자 과정, 카네기 프로그램 등 업무와 관련된 공부를 하면서 일로 생긴 무력감을 정면 돌파해나갔다. 그런 자리에서 사회적으로 경험이 풍부한 사람들과 만날 수 있는 기회를 가

정해길
함양

졌다. 회사에서라면 직급 차이로 말을 섞는 것조차 어려운 사람들과 의견을 나누고 그들의 경험을 들으면서 세상을 보는 눈이 달라졌다. 또한, 회사의 좁은 울타리에서는 움츠러들 수밖에 없었던 삶의 방식이나 인생의 기준이 조금씩 확장되어갔다. 이때의 경험이 나중에 회사를 그만두고 자신의 일을 하는 데 큰 밑바탕이 되었다. 돈으로도 살 수 없는, 사회나 세상을 보는 폭넓은 시야를 그때 갖출 수 있었다고 해길 씨는 확신했다.

해길 씨는 사실, 직장을 과감하게 그만두기 오래전부터 두 번째 삶을 차근차근 준비했다. 직장 생활의 스트레스를 해소하고 가족과 함께하기 위해 시작한 캠핑은 주말을 채우는 필수 코스였다. 아이들이 다 자란 뒤에도 아내와 함께 다닐 정도로 자연과 가까이 하는 캠핑을 멈추지 않았다. 회사를 과감하게 그만두고 한 달에 두세 주는, 주말에 농촌에서 지내는 '5도 2촌'을 하면서 본격적으로 두 번째 삶을 준비했다. 그런 생활을 6개월 정도 하다가 시골 전셋집에서 6개월을 살았다. 그동안 귀농 교육을 받으면서 농촌 생활을 익혀나갔다.

귀농 후 3년은 농촌에 자리 잡기 위해 그동안 모아둔 돈으로 지출만 하면서 지냈다. 본격적으로 농사를 짓기 시작한 것은 그 뒤였다. 농사는 쌀농사보다 비닐하우스 농사부터 시작했다. 잎채소, 뿌리채소로 시작한 농사에 들깨, 참깨 농사가 더해졌고 농사는 들기름, 참기름을 착유하는 공장 운영으로 이어졌다. 그 회사 이름이 '꼬신내'였다. 여기에 더해 목공장과 농촌 체험, 농사 체험으로 도시 생활을 치유하는 힐링 체험장으로 확대되어, 명실상부한 농사, 가공, 체험을 결합한 '6차 산업'을 갖추게 되었다. 이로써 농림축산식품부의 인정도 받아놓았다.

만약 이 일만이었다면 해길 씨의 두 번째 삶은 직장을 그만두고 자신의 사업을 일군 사업가로서만 머물렀을 것이었다. 하지만 해길 씨에게는 이 일만큼, 아니 이보다 더 중요한 것이 문화 기획자로서의 삶이었다. 돈을 버는 게 아니라 쓰는 일이었지만, 돈으로 환산할 수 없는 가치가 문화 기획으로 발생했다. 귀농·귀촌·귀향인뿐만 아니라 함양의 원주민을 하나로 연결하는 네트워크가 이로써 이루어졌다.

해길 씨 아버지는 목수였다. 집을 지으러 다녔고, 그렇게 모은 돈으로 논밭을 마련했다. 아버지는 목사 일과 농사 일로 아이들을 키우고 가족을 돌봤지만, 그 시대는 거기까지가 최선이었고 삶의 보람이 있었는지 몰랐다. 자신을 바쳐 가족을 위한 삶을 살면서 정작 자신만을 위한 삶을 접어둔 아버지를, 그 세대를 해길 씨는 농촌 출신으로서, 다시 농촌에 돌아온 귀농인으로서 돌아봤다. 첩첩이 겹진 산들 속에 아버지의 삶이 흐릿하게 멀어져가는 듯했다.

이제 해길 씨는 아버지가 걸어온 길을 이어서 걷고 있다. 아버지의 길이 외길이었다면 해길 씨의 길은 여러 갈림길이다. 한번 가면 돌아오지 못하는 길이 아니라 이 길과 저 길을 다니며 또 다른 길을 만들었다. 나무를 다루고, 농사를 짓고, 참기름 들기름을 짜고, 치유 체험 농장을 운영하고, 문화 기획으로 살아간다.

아버지의 길이 가족을 위한 길이었다면, 해길 씨의 길은 자신을 위한 길이고 가족을 위한 길이며 함께하는 사람들을 위한 길이다. 이제 그 길 위에서 그는 두 번째 삶의 향기를 더하고 있다. '꼬신내' 나는 인생. 참기름, 들기름이 코와 입을 즐겁게 하고 먹을거리에 영양을 더하는 것처럼 두 번째 삶의 향기는 자신과 모두의 삶을 윤택하게 할 것이다. 해길 씨는 함양의 산처럼 은은하게 자신의 두 번째 삶을 펼쳐나가고 있다.

3

이런 생애
저런 전환,
함께하는
문화예술

09　　　　　　　　　　　**김영심**
　　　　　　　　　　　　　구미

김영심 님은,

번아웃된 예술인들의 예술적 감성을, 치유와 몰입으로 재충전하고 생애전환으로 리부트하기 위한 예술기획자 참여 프로그램을 만들었다. 남의 시선을 의식하고 사는 것이 익숙하고 자연스러운 나이에 들어선 신중년 예술 기획자들이 프로그램을 통해 자신만을 위한 시간을 가짐으로써 자신과 대면하는 데 몰입할 수 있었으며, 이로써 번아웃을 '해소'하고 지친 몸과 마음을 '위로'할 수 있었다. 연극배우에서 시작해 무대의 처음부터 끝까지 살피는 예술 행정가가 된 지금도 무대를 꿈꾸는 그이는 천생 연극인이다. 남은 생을 또 연극처럼, 그 꿈처럼 살아가려고 지금 인생 2막을 올리는 중이다.

그이는 경북 생애전환 문화예술학교 〈세 번째 스무 살: 몰입과 발견〉(2021)에 참여자이자 코디네이터로서 함께했다.

아무것도 안 하고 싶은, 오지랖

모래사장은 따뜻했다. 밤하늘에 아직 남아 있는 시퍼런 기운을 뚫고 별이 하나둘 선명해지기 시작했다. 다섯 사람은 모두 모래사장에 누워 하늘을 보고 있었다. 어느새 선명해진 별빛이 모래사장에 누워 있는 다섯 사람의 눈 속으로 내려앉았다. 하늘은 이제 온통 검게 물들었다. 해안가 상점들, 집들이 내뿜는 불빛이 강했지만 밤하늘의 테두리를 밝힐 뿐이었다. 모두 누워 있었지만 눈을 감고 있는 사람은 없었다. 마치 하늘의 별이 반사된 듯, 열 개의 눈이 반짝였다.

'이렇게 누워서 밤하늘을 올려다본 게 언제였더라?'

영심 씨는 뭔가를 떠올리려는 듯, 눈을 감았다. 별빛이 점점 밝아지더니 이제는 동해시가 된 묵호의 어느 바닷가가 펼쳐졌다. 거기 어린 영심이가 모래 장난을 하며 놀고 있었다. 영심이의 옆에 누군가 있었지만 겨우 형체만 드러낼 뿐 무엇을 하고 있는지 어떻게 생겼는지 알 수가 없었다. 곧, 그 모습마저 아스라이 멀어져갔다. 바다도 모래사장도 함께 사라지고 영심이만 그 자리에 남아 하염없이 모래 장난을 하고 있다. 영심이도 사라지자 학교 앞 구멍가게가 나타났다.

구멍가게에는 총채를 든 아버지가 과자 봉지의 먼지를 떨어내고 있었다. 하지만 영심이는 그곳에 좀처럼 나타나지 않았고, 학교가 끝나면 바로 집으로 향했다. 구멍가게는 말 그대로 구멍만큼 작아서 다섯 식구의 생계를 책임지지 못했다. 그 나머지 생계를 메우기 위해 엄마는 직장에 다니지 않을 수 없었다. 그리고 엄마의 빈자리는 영심이의 몫이었다. 둘째였지만 언니는 서울로 이사 간 할머니 집에서 살았으므로, 혼자서 남동생 둘을 보살펴야 했다.

아침 일찍 출근한 엄마를 대신해 아침밥 차리고 동생들 챙겨서 밥 먹이고, 도시락까지 싸준 뒤 학교에 가야 했다. 학교 다녀오면 틈틈이 빨래도 하고 집 안 청소도 도맡았다. 교복 손질은 아무도 해줄 사람이 없었다. 칼라 풀 먹이고 옷 다림질하고 실내화 하얗게 빨아 널고……. 당연했다. 늦가을 김장철이면 배추와 김칫소에 들어갈 고명을 다듬는 일은 모두 영심이의 몫이었다.

바다가 가까웠지만 영심이는 친구들과 어울려 놀러 갈 수도 없었다. 사실, 집안일을 전혀 하지 않았다 해도 바다에 무시로 놀러 가지는 않았을 것 같았다. 바다는 멀리 내륙에 사는 사람들이 놀러 오는 곳이지, 가까이에 끼고 사는 사람들에게는 그저 골목길이나 뒷산 언덕 정도였을 테니까. 영심이가 한창 동생들 밥을 챙겨주고 도시락을 싸고 있을 때, 쏴아, 하는 파도 소리가 나더니, 점점 커졌다.

"영심 씨, 그만 들어갑시다."

놀라 눈을 뜨고 보니 함께 온 일행 중에 피아노를 전공한 코디네이터 선생님이 별빛을 가리고 내려다보고 있었다. 바로 몸을 일으켰다. 다른 세 분도 이미 일어났거나 등에 묻은 모래를 떨어내고 있었다. 바다에 가장 가까운 곳에 누웠던 문학 코디네이터 선생님과 그분 가까이 자리 잡았던, 공무원 출신으로 의성 지역에서 문화예술 활동을 하는 선생님이 이야기를 나누며 이쪽으로 걸어오고 있었다. 사진가 선생님은 바지 끝단에 붙은 모래까지 꼼꼼히 떨어내느라 여전히 상체를 숙이고 있었다.

"영심 씨는 연극을 해서 그런지 몰입을 참 잘하시네

요. 한참을 누워 계셨어요."

영심 씨도 그렇고 나머지 네 명 모두 50을 넘긴 중년이었다. 지금까지 진행해온 '생애전환 문화예술학교'에서는 그 연령대를 '신중년'이라고 했다. '낡음을 새롭게', 아니면 '신선하게 잘 익은' 정도가 아닐까 하고 처음 그 말을 들었을 때 영심 씨는 풀이해봤다. 그러니까 요즘 말로 하면 '역대급 중년'인데, 기대수명 100세 시대를 맞은, 생애의 전반부를 마무리하고 후반부를 준비하는 '젊은 중년', '원숙한 청년'을 가리켰다. '신중년' 예술인 다섯 명이 포함 앞바다 모래사장에 누운 사연은 이랬다.

영심 씨는 2019년 생애전환 문화예술학교의 프로그램 기획자로서 연구 모임에 참여했다. 자신뿐만 아니라 많은 기획자가 신중년에 해당하는 연령대였으므로 이전까지의 프로그램과는 조금 다른 마음이었다. 언제부턴가 건강보험공단의 생애주기별 건강검진 안내 우편물이 아니면 자신이 몇 살인지조차 신경 쓰지 않고 지내온 터라 50이 넘은 나이가 낯설게 느껴졌었다.

곰곰 생각해보니 원하든 원치 않든 신중년은 나이만큼 뭔가를 잔뜩 짊어지고 50년을 넘게 살아온 세대였나. ㄱ 뭔가는 책임이거나 생계이거나 가족이거나 사회이거나 공동체 등이었지, 내가 하고 싶은 일, 가고 싶은

김영심
구미

곳, 개인의 자유로운 삶이 아니었다. 영심 씨는 그랬다. 그렇다고 지난 일을 후회하는 것은 아니었다. 아마 다른 신중년도 크게 다르지 않을 것 같았다. 해야 할 일을 했고, 또 그것을 잘 마무리한, '보람'이라는 포장지가 어깨의 짐을 감싸고 있었기에 그나마 쓰러지지 않고 버텨온 것이 아닌가 하고 영심 씨는 생각했다.

2019년과 2020년 두 해 동안 생애전환 문화예술학교를 진행하면서 뭔가 아쉬운 점이 남았었다. 그리고 나이 때문인지 알 수 없는 피로감이 몰려왔다. 프로그램 탓은 아니겠지만, 생애전환의 나이에 들었다는 자각이, 어쩔 수 없이 이 프로그램을 계기로 들 수밖에 없었다. 나를 위한 프로그램인데 이번에도 남을 위해 진행하고 있다는 소외감. 지난날을 돌아보고 앞으로의 삶을 새롭게 준비하자, 힘내자, 하면서도 정작 자신을 위한 돌아봄과 돌봄은 하지 못한 것이었다. 그랬으니, 아무리 참여자들이 많은 것을 얻었다고 감사해도, 자신은 프로그램에 녹아들지 못했고 프로그램을 '돌렸다'는 생각을 지울 수 없었다.

사실, 영심 씨뿐만 아니라 신중년의 많은 예술 기획자, 강사는 '번아웃' 상태일 것이다. '태워도 태워도 재가 되지 않는' 몸과 마음일 것이라고 생각해왔지만 50이 넘자, 의지와 상관없이 갑자기 의욕도 줄어들고 일도 예전만큼 '빠릿빠릿'하게 할 수 없게 돼버렸다. 이게 갱년기 증상인가 생각해봤지만 사실 갱년기와는 다른, '태워서 태워서 재가 돼버린' 예술 교육으로 살아온 사람들의 상태라고 영심 씨는 진단했다.

2년 동안 진행해온 생애전환 문화예술학교를 평가하고 다음 해를 준비하는 연구 모임에 참가하면서 영심 씨는 정말, 격하게 아무것도 하고 싶지 않았다. 그냥 아무것도 안 하고 쉬면 안 되나, 50년을 넘게 불태워 재가 된 몸에게 쉴 자유를 주면 안 되나, 하는 마음이었다. 그리고 다른 사람들을 위한 프로그램이 아닌 자신을 위한 프로그램을 하고 싶었다. 그래서 격하게 쉬고 싶은, 아무것도 안 하고 싶은 오지랖을 펼쳤고, 마침내 코디네이터가 참여자인 프로그램이 탄생했던 것이었다.

같은 그룹에 참여한, 영심 씨를 포함한 다섯 명은 모두 '번아웃'된 처지도 비슷했고, 어떻게 할지 생각도 거의 같았다. 그래서 '재가 된' 다섯 코디네이터는 어떻게 하면 아무것도 안 하고 격하게 쉴 수 있을지 머리를 맞댔다. 프로그램을 두 부분으로 나눠 앞에는 명상 등 자신을 비우고 자유하는 시간을 배치하고, 뒤에는 온전히 자신에게 집중할 수 있는, 빈 곳을 채울 수 있는 목공으로 창

김영심
구미

작의 시간을 갖기로 했다.

그리고 무엇보다 중요한 것은 시간이었다. 다들 바쁘게 사는 사람들이어서 평일은 어려웠다. 물론 시간을 맞추면 모일 수도 있었겠지만 헐레벌떡 모여 3시간을 함께한다고 해서 창작은커녕 명상도 어려울 것 같았다. 명상을 하고 목공을 익히는 게 목적이 아니기 때문이었다. 같은 그룹의 다섯은 '이거 왜 이래, 선수들끼리' 하는 눈빛을 교환하며, 24시간 동안 만나기로 했고, 무조건 1박을 하기로 했다. 토요일 오후 늦게 만나, 구미에서 가까운 바다, 포항으로 내달렸다. 그곳에서 1박을 하고 일요일 오후 늦게 돌아오는 프로그램을 몇 주 진행했다.

필요할 경우에는 강사를 초빙해서 강의도 들었다. 하지만 무엇보다 중요한 것은, 관계였다. 사람과 사람의 관계 맺기만큼 중요한 것은 없었다. 어떤 프로그램이든지, 그것이 기능이나 기술을 습득하는 강좌가 아닌 다음에야, 아니 그렇더라도, 강사와 참여자, 참여자와 참여자 사이의 관계 맺기가 프로그램의 기본이고, 시작이며 또 끝이었다. 그래서 다섯은 함께 밥도 짓고, 수목원 산책도 하고, 별도 보고, 파도에 젖고, 잠자는 시간마저 아껴가며 수다를 떨면서 격하게 쉬었다. 이렇게 아무것도 안 하면서 격하게 쓸데없는 짓을 한 적이 언제였을까,

하고 영심 씨는 생각해보았다. 아무리 생각해도 그런 적이 없었다. 어릴 때도 마음껏 친구들과 논 적이 없었으니…….

고등학교 3학년 영심은 졸업 후 어느 대학을 가야 할지 걱정하고 망설였다. 갈 만한 곳은 여러 곳이었지만, 막상 장학금을 받을 만한 곳은 없었다. 가족 누구도 그러라고 하지 않았지만 형편이 뻔했고, 누구보다 집안 사정을 잘 아는 영심으로서는 장학금 아니면 대학을 가지 않겠다는 마음이 굳어 있었다. 생각은 그랬지만 막상 장학금을 준다는 대학이 없다는 것을 확인한 순간, 영심은 낙담하지 않을 수 없었다.

하지만 앞이 캄캄하다거나, 될 대로 되라는 마음이 들지는 않았다. 이미, 여러 선택지를 생각하고 있었고, 이런 상황도 그중에 하나였다. 대학을 포기하지는 말자, 다만, 좀 나중에 갈 만한 여력이 생기면 그때 다시 도전하자는 마음으로, 우선 여력을 만드는 방법을 생각했다. 인문계 고등학교를 나온 영심은 취업할 수 있는 곳이 마땅치가 않았다. 그래서 그가 선택한 방법은 한국폴리텍대학의 전신인 '직업훈련원'에 들어가는 것이었다. 국비로 학비는 물론, 숙식까지 제공해준다니, 안성맞춤이었다.

김영심
구미

인천과 구미, 두 곳에서 여자 원생을 뽑는다는 정보를 어떻게 알게 되어 먼저 인천을 찾았다. 그런데 인천은 염색 등 옷감 관련 기술을 배우는 곳이었고, 구미는 전자 쪽이었다. 똑똑하고 독립심 강한 영심은 '염색은 지는 해, 전자는 뜨는 해'라고 생각하고 구미로 마음을 정했다. 1년 과정의 훈련원을 상위권으로 마친 영심은 부푼 마음을 안고 당연히 금성사(현재의 LG)로 갈 줄 알았다. 졸업 전, 세계기능올림픽에 나갈 계획까지 세워놓고, 금성사 기능올림픽 특별반에서 부르기를 기다리고 있었다.

　　하지만 그해 경기가 불황에 접어들어, 언제나 열려 있던 그쪽 문은 닫혀버렸고 공장 생산라인으로 배치를 받게 되었다. 영심 씨는 찰리 채플린의 영화 〈모던 타임스〉에 나오는 단순 조립공이 되어 기계처럼 부품을 조립하게 되었다. 연장 근무는 당연했고, 철야를 빵 한 조각, 우유 하나로 버틴 것은 당시, 중소기업 사정에 비하면 그나마 나은 대기업 금성사의 처우였다. 자괴감으로, 철야로 몸과 마음이 만신창이가 될 즈음, '훈련원' 선생님으로부터 연락이 왔다.

　　금성정밀에서 새로운 공장을 짓는데, 연구동의 보조 연구원으로 추천해준다는 얘기였다. 때마침 연락해준 선생님에게 감사하며, 기계가 돼버릴 것 같은 생산라인을 빠져나와 두말 않고 그쪽 연구동으로 옮겨갔다. 거기에서 연구원들이 요구하는 보조 일, 그들의 손발을 대신해 회로도를 그리고, 부품을 정리하고, 실험해서 데이터내는 일을 했다. 처음에는 공장의 단순노동이 아니어서 살아 있다고 느꼈지만, 곧 연구원과 자신 사이에는 넘을 수 없는 강이 있음을 실감했다. 2급 자격증을 1급으로 바꾸기 위해 낮에 일하고 밤에 학교에 다니다가 문득, 자격증의 급이 문제가 아니라, 학력이 문제임을 깨달았다. 바로 회사에 사표를 던지고 '거북이 꼬리龜尾'만큼의 미련도 없이 구미를 떠나버렸다.

드디어, 고3 때 미루었던 대학 진학의 이유와 여력이 생긴 것이었다. 이공계 대학 졸업 후 연구원이 되는 것. 영심 씨는 고향집에서 1년 동안 면벽참선하는 마음으로 공부를 했다. 하지만 문과 출신인 영심 씨는 이과 과목이 버거웠다. 시간도 부족했고, 독학이 힘들다는 것은 둘째 치고 답답해 미칠 지경이었다. 그래서 물리 화학 수학Ⅱ 등에서 이해할 수 없는 것은 외우고, 외워도 안 되는 것은 운에 맡겼다. 짧은 시간이었지만 절실함으로 집중한 보람이 있었는지 연구원이 될 수 있는 전산과에 늘어갈 수 있었다.

영심 씨는 그때, 구미는 아무래도 전생의 고향이 아

닐까, 생각했다. 영심 씨가 들어간 대학이 바로 구미에 있는 지금의 금오공과대학교이기 때문이었다. '거북이 꼬리'를 자르고 떠났던 곳을 다시 오게 되다니, 하지만 이번에는 '금빛 까마귀金鳥'가 되어 돌아왔던 것이었다. 이때까지도 영심 씨는 연극 무대와 함께 살아가리라고 는 '거북이 꼬리'만큼도, '까마귀 깃털'만큼도 생각지 못 했다. 그때만 해도 그는 눈앞에 잡힐 듯이 다가온, 전자 회사의 연구원을 꿈꾸는, 다른 친구들보다 다섯 살이 많 은 파릇파릇한 90학번 대학 신입생이었다.

아무것도 하지 않고 쉬고 싶다는 오지랖은 또 다른 프로 그램을 낳았다. 아무것도 안 하기는커녕 밤잠도 줄여 새 벽 서너 시가 되도록 이야기를 나누었다. 동병상련이랄 까, 자신은 겪지 않은 일이었음에도 다른 사람의 이야기 가 마치 내 이야기인 것처럼 느껴졌다. 숨기고 싶었을 개 인사도 거침없이 쏟아졌다. 그런 이야기가 개인사의 시 작과 끝을 넘나들며 나올 때는 모두 엮어 글로 남겨두고 싶을 정도였다.

　이혼, 생계 곤란 등 실패의 경험담에 마음 아파했고, 그럼에도 자신이 하고 있는 문화예술 활동을 이어갈 때 는 자신도 모르게 주먹을 꽉 쥐기도 했다. 실패와 성취는 다반사로 일어나고 세상에 그것만큼 흔한 것은 없지만 사람에게서 사람에게로 전해지는 실패와 성취는 관계를 맺게 해주고 서로에게 힘을 주는 것임에 틀림없었다. 이야기는 개인사를 넘어 활동사로 넘어갔고, 그 경험의 공유는 자신의 활동에 반영되어 살아 있는 프로그램을 기획하는 데 도움이 되었다. 행사나 프로그램이 있을 때, 같이 가서 도와주고 참여하고 피드백해주는 것은 덤이었다.

영심 씨는 생각했다. 만약 우리가 2, 30대에 만났다면 이런 고민을 했을까? 그냥 자기 하는 일을 계속할 수 있는 여건이 마련되기를 염려하고 기원할 뿐, 다른 사람의 경험담은 별로 귀담아듣지 않을 것이기 때문이었다. 5, 60대가 되니 어떻게든 버텨온, 비록 '번아웃'되어 재가 되었어도 지난 시간이 얼마나 소중한지 서로는 '아 하면, 어 하는 마음'으로 통한 것이었다.

1박 2일, 24시간 함께하기 프로그램은 마쳤지만, 아무것도 안 하려는 오지랖은 계속 펼쳐졌다. 영심 씨 그룹의 코디네이터 다섯 명은 참여자 50여 명을 만나 새롭게 프로그램을 진행했다. 더 이상, 소외감을 느끼지 않았을 뿐만 아니라, 마냥 프로그램을 '돌린다'는 생각도 들지 않았다. 참여자와 안내자 모두 '신중년'이었으므로, 그

김영심
구미

리고 무엇보다 서로 관계 맺음으로 시작해 관계 맺음으로 끝을 맺었으므로.

　프로그램의 눈에 보이는 성과물에 만족하는 것이 아니라, '나'와 또 다른 '나들'과 대면해 지난날을 돌아보고 앞으로의 생을 스스로 설계할 힘을 얻었다는 성취감이 코디네이터에게서 참여자에게로 전해졌다. 영심 씨는 참여자로서 또 코디네이터로서, 프로그램의 기획자이자 수혜자로서 자신의 지난날을 돌아봤다. 번아웃 상태로 치달았던 지난 시간이 사실은, 계속 타올라 주위를 밝히고 자신을 선명히 드러내는 '불나무' 같다는 생각이 들었다. 그때, 구미에 오지 않았다면, 다시 금오공대에 들어가지 않았다면, 운명과도 같은, 미운 정 고운 정으로 몸서리쳐지는 '연극'을 만나지 못했을 것이었다.

연극 동아리 지도교수이자 금오공대 전산과의 담당 교수를 만나지 못했다면 영심 씨는 지금 어느 연구실에서 정년을 바라보고 있거나 어쩌면 전업주부로 살았을지도 몰랐다. 여학생이 희귀했던 당시의 공대 상황에서 여성 배역이 필요했던 금오공대 연극 동아리 지도교수는 영심 씨를 당연히 동아리로 데려갔다. 영심 씨는 뭔가 동아리 활동은 해보겠다는 마음이 있던 차에 권유인 듯, 강제인 듯 구분하기 어려운 지도교수의 말에 이끌릴 수밖에 없었다.

첫 출연 작품 〈리투아니아〉의 주요 배역에 영심 씨는 높은(?) 경쟁률을 뚫고 캐스팅되어, 비극을 희극으로 만드는 엄청난(?) 연기력을 발휘했다. 극 앞부분에서는 심각했던 관객이 후반부 '그' 장면에서는 폭소를 터뜨리지 않을 수 없었다. 그때를 돌아볼 때마다 영심 씨도 웃음이 나왔다. 자고 있는 극 중 오빠를 칼로 찌르는 장면에서, 리얼한 연기를 하겠다며 그가 찌를 곳을 정해주는데 조명이 들어와버린 것이었다. 그 간발의 차이로 비극은 희극으로, 관객의 손을 땀 대신 웃음의 박수로 가득하게 만든 첫 출연작.

영심 씨가 졸업할 때에는 불황의 그림자가 조금씩 짙어지고 있었고, 연구원은 더 이상 자리가 없을 정도로, 소위 '레드오션'이었다. 취업에 나이가, 특히 여성에게는 감점 요인이라는 것이 아주 당연시되는 시대였다. 하지만 이미 연극에 빠져 있었으므로 미련은 없었다. 개인 사무실 같은 작은 회사에 취직했고, 많은 연극인이 그렇듯, 연극이 주, 직장은 부인 삶을 한동안 살았다. 얼마 지나시 않아 부는 그만두는, 전업 연극인의 삶이 기다리고 있었다.

대학 동아리 시절부터 객원 단원으로 관계를 맺어왔던 구미의 극단은 영심 씨를 이미 소속 단원이나 마찬가지로 여겼다. 그도 그럴 것이 회사와 달리 극단에서는 나이가 많은 영심 씨가 청소년부터 아주머니까지를 커버하는, 캐스팅의 폭이 넓은 배우였으므로 오히려 환영받았다. 경제가 외면한 인재를 예술이 알아본 격이었다. 본격적으로 배우와 극단 일을 병행하면서 자연스럽게 회사 생활은 지워져갔다.

프로 연극인이 된 영심 씨는 이내, 구미의 연극협회를 창립하는 데 실질적 역할을 담당한 초대 사무국장이 되었다. 모든 서류를 준비해 정관을 만들어 인준 절차를 밟았다. 창립총회와 사무실 마련 등 사실, 연극하는 사람이 서툴기 마련인 일을 척척 해냈다. 그때부터 영심 씨는 배우를 병행하는 예술 행정가로서 자신의 캐릭터를 확고히 했다. 결혼도 연극 판 선배의 소개로 만난 사람과 하게 되었다.

그때까지 결혼할 생각도 남자를 사귈 여유도 없었다. 하지만 선배는 집요하게, 너 아니면 안 된다고 계속 밀어붙였다. 그래서 당사자를 만나서 거절의 뜻을 분명히 전하기로 했다. 옷차림도 예의에 벗어나지 않을 정도로만 입고 나갔다. 하지만 오히려 그게 역효과(?)였다.

당당하고 분명한, 그리고 수수한 모습에 남자는 또 한 번 반한 것이었다. 남자의 집요함이 영심 씨도 싫지 않았다. 11월에 처음 만나 이듬해 1월, 음력으로 해가 넘기 전, 33살 남자는 29살 영심 씨와 결혼식을 올리고 그의 남편이 되었다.

남편은 극단 선후배들과도 친하게 지냈다. 차가 있던 남편은 대중교통이 끊긴 시간까지 연습하고 돌아가는 단원들을 하나하나 집까지 바래다주었다. 그런 남자였으므로 영심 씨는 '정신 차려보니 결혼식장'일 수밖에 없었다. 결혼 후 아이를 낳고 많이 쉬지도 못하고 복귀한 것도 예술 경영을 영심 씨만큼 할 만한 사람이 없기 때문이었다. 그렇게 시간이 흐르고 영심 씨는 코로나19 상황에서도 온라인 등 다양한 방식으로 공연과 행사를 기획했고, 사업비도 확보했다. 많은 극단이 빈 객석을 바라보며 한숨 쉬고 있을 때 영심 씨는 자신의 예술 경영 노하우로 어렵기는커녕 오히려 더 바쁘게 지낸 것이었다.

영심 씨는 직장에 다니는 신중년이 고민할 정년에 대한 부담감이나 기대는 없었다. 몸과 마음이 허락하는 한, 그가 하는 일은 이미 정년이 연장되어 있기 때문이었다. 누군가 내신할 인력이 나타나지 않는다는 조건과 영심 씨만큼 이 일을 해낼 인재가 아직 없다는 현실이 버무

190

김영심
구미

려진 묘한 취업 상태가 지속되고 있었다. 그럼에도 영심 씨는 꿈꾼다. 아무것도 하지 않는, 오지랖을 활짝 편 이런저런 일들을.

지난날을 돌아보면 특별히 전체 조명만큼 빛났던 때도 암전 때만큼 힘들었던 때도 없었다고 영심 씨는 생각했다. 바쁘게, 힘들게 살아온 것 같지만 그 굴곡은 물이 흐르듯 차고 넘친 시간이었다. 그럼에도 그는 일탈을 꿈꾼다. 아니, 신중년 모두에게 일탈이 필요하다고 생각했다. 그동안의 일상이 지루했거나 남을 위한 시간이었다면, 그래서 지금부터라도 남은 생은 뭔가 자신을 위해 살아보겠다면, 더욱이 일탈이 필요하다는 것이었다. 일상 탈출이 일상을 벗어나는 것이 아니라 새로운 일상, 더 넓은 일상을 만드는 것임을 알기에 영심 씨는 자신 있게 일탈을 꿈꾸고 또 권한다.

　신중년, 누구에게는 두 번째 한 살이고, 누구에게는 인생의 후반전이다. 또 누구에게는 세 번째 스무 살일 것이다. 아무것도 안 하는 오지랖은, 번아웃되었던 다섯 예술인에게 '몰입과 발견'을 마련해주었다. 그들은 그때 발견한 말들을 「고장 수리 일지」에 기록해두었다. 영심 씨가 쓴 여러 편의 글 중의 한 구절은 이랬다.

'네가 앉아 있는 그 자리가 바로 꽃자리'라는 어느 시인의 시 구절처럼 앉은 테이블을 핑계 삼아 앞으로 나의 꽃자리를 맘껏 누려보리라. 옆을 돌아보니 모두들 이마에 송글송글 땀방울 맺혀가며 사포질이 한창이다. 정신 없이 바쁜 가운데 정신이 없어도 되는 이 시간이 너무 소중하다.

김영심
구미

이소연

서울

이소연 님은,

포항에서 태어나 자랐으며, 중앙대학교 문예창작학과
를 졸업하고 2014년『한국경제』청년신춘문예로 등단
한 시인이다. 어릴 때부터 글재주가 뛰어나 학교 선생
님의 사랑을 받았고, 고등학교 때는 전국대회에 공모
한 글이 대상을 받기도 했다. 서너 차례 받은 대상으로
대학에 입학할 수 있었다. 등단한 해에 있었던 '세월호'
의 아픔을 함께하며 이를 시로써, 문학 활동으로써, 사
회 활동으로써 풀어내왔다. 시집『나는 천천히 죽어갈
소녀가 필요하다』(2020),『거의 모든 기쁨』(2022)과 '도
시 시인과 시골 농부의 생태 일기'라는 부제가 붙은 수
필집『고라니라니』(공저, 2021)를 펴냈다. 2022년 현재,
김근태기념도서관 상주 작가로 있으면서 도봉구 마을
활동의 일환으로 여러 문화예술 프로그램을 기획, 진
행하고 있다.
　　그이가 진행한 프로그램은 생애전환 문화예술학
교 시범 프로젝트 〈1+1=창문〉(2021)이다.

시의 순간, 반짝이는 전환

소연 씨는 살짝 겁이 났다. 아니, 겁이 난다기보다는 걱
정이 됐다. 시 쓰는, 시를 생각하는, 시의 순간을 만나는
프로그램이라면 이제는 겁나기는커녕 설레기까지 했지
만, 그 앞에 붙어 있는 '생애전환'이라는 말이 영 탐탁지
않았다. 그래서 선뜻, 좋아요, 할 수가 없었다. 아니, 하
겠다고는 했지만 착 달라붙는 기분이 아니었다. 더욱이
서울문화재단의 담당자는 "시범 사업이니 잘 부탁해요"
라며 '시범'을 강조했지만, 시범이 얼마나 힘든 일인가.
일을 의뢰하는 쪽에서는 프로그램의 꼴을 제대로 갖추
기 위해 준비하는 단계겠지만, 그래서 시행착오를 거쳐
제대로 된 '사업'을 준비하면 되지만, 의뢰받은 사람에
게는 '시험'이지 않은가.

　더군다나 프로그램 참여자는 모두 5, 60대. 그동안

여러 프로그램을 진행하면서 다양한 사람을 만났지만, 이렇게 한꺼번에 몰아서 소위 '그 세대'를 만난 적은 없었다. '꼰대'라는 말이 꼭 특정 연령대에만 붙는 꼬리표가 아니라는 것은 소연 씨도 잘 알았다. 자기보다 훨씬 젊은 사람 중에도 '꼰대' 같은 말을 하는 사람을 더러 봐왔기 때문이다. 5, 60대를 싸잡아 '꼰대'라고 하는 것이 선입견인 것도 알고 있었다. 아무리 좋은 말이라 해도, 어떤 세대나 사람을 틀 잡아 규정하는 것은 그렇지 않은 사람에게는 그 집단에 강제수용당하는 일종의 폭력이기 때문이었다. 규정에 속하지 않은 사람이 한 명이라고 해도 마찬가지였다.

그렇다고 그 말을 순화해서 '기성세대'라고 부른다 해서 달라질 것은 없었다. '어르신'은 더더욱 아니었다. 마음은 이미 콩밭이라 했던가? 시쳇말로 하든 순화해서 말하든 결국 눈앞에 그려지는 이미지는, 자신이 옳다고 생각하는 것을 다른 사람에게 가르치고 강요하는 딱 그 모습이었다. 그나마 '내로남불'이 아니면 다행이었다. 잔소리하는 입이 점점 커져 목젖 더 안쪽, 식도의 굴곡진 속까지 보이는 애니메이션의 한 장면이 떠올라 소연 씨는 고개를 흔들었다.

여기까지 생각하다 소연 씨는 시작도 하지 않은 일

이소연
서울

에 너무 생각이 많은 게 아닌가, 했다. 어차피 승낙을 한 일, 걱정하기보다는 차근차근 준비하면서 평소 자신의 모습으로 돌아가려고 애썼다. 세대론이란 그저 상품을 팔기 위한 마케팅 이론이라는 책 내용을 떠올리며, 사람을 만나는 거지 세대를 만나는 게 아니잖아, 하며 마음을 다잡았다. 그래서 건조하지만, '신중년'이라는 표현으로 마음을 정리했다.

이제 뭔가 준비를 좀 해보려는데 눈앞에 다시 프로그램을 진행하는 자신의 모습이 선명하게 나타났다. 성격은 바꿀 수 없다고 했던가. 그동안 한 번도 자신의 성격이 문제라고 느낀 적이 없었다. 오히려 그 반대였다. 그런데 겸양과 말없음, 과묵함을 미덕으로 알고 반평생을 살아온 그분들에게 자신의 발랄함이 자칫 예의 없는 선생으로 비칠까 봐 걱정이었다.

예의 없는 선생이라니. 선생은 예의보다는 배려가 있어야 하지 않을까 싶었다. 예의보다는 배려하는 마음을 바탕에 깔고 가기로 했다. 하지만 예의가 있고 없고를 떠나서 그분들이 자기를 선생으로 여기는 것도 우려스러웠다. '그렇지, 최대한 선생 아님을 보여줘야겠군', 했다. 왜냐하면 그도 그럴 것이 5, 60대에게 40대가 어떤 경험으로, 무슨 말로 생애전환을 말할 수 있겠는가. 뭐,

그동안 관련된 책을 열심히 읽어서 책 내용을 전달해줄 수는 있겠지만, 그런다고 그게 가르치는 것은 아니지 않은가.

선생이 아닌 선생, 선생을 벗어난 선생이 되어야겠다고 소연 씨는 마음에 새겼다. 가르칠 수 없다면, 함께하는 수밖에 없다. 아니, 함께하는 것, 서로 배우는 것이야말로 이 프로그램의 취지에 맞지 않나. 그런 생각에 이르자, 소연 씨의 생각은 조금씩 발랄해지기 시작했다. 이전에 다른 프로그램에서 시 창작 수업이나 책 읽기 모임을 할 때도 마찬가지였다. 그랬다. 자신보다 나이가 많은 참여자가 온다고 해서 더 신경 쓸 일도 덜 힘쓸 일도 아니었다. 지금까지 했던 것처럼 딱 그만큼, 그런 기분으로 최선을 다한다면, 청년은 청년의 모습을, 신중년은 신중년의 모습을 보일 것이다.

이제 소연 씨는 선생 아닌 선생으로서, 생애전환 문화예술학교 프로그램에 신중년도, 생애전환도 드러내지 않아야겠다고 생각했다. 생애전환을 이야기하지 않는 생애전환. 문화와 예술만 남기고 나머지는 모두 묶음 처리해야겠다고 생각했다. 타이틀이 걸리는 순간 그것을 의식힐 수 있고, 타이틀이 원하는 모범 답안을 찾아가거나, 반대의 방향으로 갈 것이기 때문이었다.

이소연
서울

어차피 시를 배우는 시간이 될 테니 지금까지 해오던 대로 하되, 좀 더 입체적으로 접근하기 위해 세 명의 강사가 한꺼번에 들어가 프로그램을 운영하는 게 좋을 것 같았다. 이것은 서울문화재단에서도 원했던 방식이었다. 재단에서는, 참여자도 신중년이고 가능하면 1인 가구였으면 좋겠다고 했다. 1인 가구는 일하느라 좀처럼 짬이 나지 않을 것 같아 '가능하면'이라는 단서를 붙인 모양이었다.

소연 씨는 신중년이 시를 배운다는 것은 어떤 의미일까, 하고 곰곰 생각해봤다. 물론 신중년이든 청소년이든 시를 배운다는 것은 그 나름의 의미가 있을 것이었다. 하지만 생애전환이란 타이틀(비록 묶음 처리하기로 했지만) 속 '전환'이라는 의미를 프로그램 기획자로서, 또 진행자로서 고민하지 않을 수 없었다. 마침내, 소연 씨의 발랄한 생각에, '시'와 '전환'이라는 두 단어만 남게 되었다. 소연 씨는 두 단어, 시와 전환을 한참 바라보았다. 글자는 어느 순간 흩어지더니 기억 너머 어린 소연의 방으로 소연 씨를 인도했다.

소연은 커다란 두 눈에 가득 눈물을 머금은 채 일기를 쓰고 있었다. 슬픈 얼굴은 아니었다. 잔뜩 화난 얼굴이었다.

엄마가 시킨 일을 깜박했는데 엄마는 사정도 들어보지 않고 심하게 혼을 냈다. 더욱이 어린이날인데. 그 분이 아직 풀리지 않아 소연은 일기에 기록하고 있었다. 이 억울함, 분함을 후세에 남기겠다는 기세였다. 다행히 후세까지 갈 일은 없었다. 비록 일기였지만 바로 뒤에 '숙제 검사'가 따라붙었기 때문이다.

담임선생님은 소연의 일기를 보고 그 절절한 억울함을 이해해주었다. 그리고 이해를 넘어 상으로 인정해주었다. 그때 소연은 글이 사람을 위로해주고 인정받게 해준다는 것을 알았다. 엄마가 그때 받은 상에 대해 뭐라말씀하셨는지 잘 기억나지 않지만 상을 받았으니 분명칭찬했으리라. 그때부터 소연은 글 잘 쓰는 어린이, 소녀로서 백일장을 휩쓸기 시작했다.

고등학교 때는 전교에서 거의 유일하게 글을 써서 대학에 간 학생이었다. 어머니는 키도 크고, 합기도를 해서 튼튼한 소연이 경찰대학에 가기를 원했지만, 소연의 마음은 이미 다른 곳에 있었다. 소연은 서울의 큰 출판사에서 공모한 전국대회에 글을 보냈다. 초등학교 때처럼 선생님의 보살핌이나 권유는 없었고, 뉴스를 보고 보냈던 것이있다. 그 내회에서 소연은 대상을 받았다. 그렇게 몇 번 더 전국대회의 대상을 받고 그 경력으로 중앙대 문

이소연
서울

창과에 수시 합격했다.

　이미 소연은 마음속으로는 시인이었고, 소설가였다. 남들은 한 번도 힘들다는 전국대회 대상을 서너 차례 받았으니 같은 또래에서는 최고로 글을 잘 쓰는 사람으로 스스로 자리매김하고 있었다. 하지만 대학교에 와서 보니 글 잘 쓰는 친구가 한둘이 아니었다. 인정하고 싶지 않았지만 그랬다. 교수님도 그 친구들의 시와 소설을 칭찬해주었다. 소연 씨의 자부심에 금이 가기 시작했다. 자존심마저 조금씩 무너졌다.

　쌓는 것은 오래 걸리지만 무너지는 건 한순간. 소연 씨는 20년 넘는 삶을 그 말처럼 살아온 것 같아 마음이 아팠다. 눈물로 시작한 글이 눈물로 끝을 맺을 수도 있겠다는 생각이 불현듯 들었다. 하지만 그럴 수는 없었다. 그렇다고 딱히 돌파구가 보이는 것도 아니었다. 글과는 데면데면한 상태에서 소연 씨는 결혼을 하고 아이도 낳았다.

　아이를 갖고, 아이를 낳아 키우면서 소연 씨는 자신 안에 맺혀 있던 것과 대면하기 시작했다. 거기에는 그동안 잡동사니처럼 쌓인, 시가 되지 못한 말이 한가득 들어앉아 있었다. 아이를 낳듯이 그 말들을 낳고 싶었다. 아니, 낳으라고 몸과 마음이 아우성쳤다. 그 말들을 시로

낳기 위해, 소연 씨는 '시인 되기'를 버리기로 했다. 그러자 저 먼 기억 속 억울함과 분함과 눈물을 글로 기록한 아이처럼, 소연 씨는 자신 안의 여성, 사회, 삶 등 잡동사니인 채로 쌓여 있던 말들을 시로 낳을 수 있었다.

그 시들로 소연 씨는 등단을 했고, 첫 시집『나는 천천히 죽어갈 소녀가 필요하다』를 발간하게 되었다. 그런데 등단한 해, 있어서는 안 될 일이 일어났다. '세월호 참사'는 등단의 기쁨조차 나눌 수 없을 정도로 소연 씨에게 큰 사건이었다. 그 이후의 시 쓰기는 소연 씨에게 세월호와 관련된 활동으로 이어졌다. '304 낭독회'를 여러 동료 문인과 함께 조직했고, 그 외에도 사회의 그늘에 소연 씨는 늘 자신의 시처럼 함께했다. '304 낭독회'는 2022년 소연 씨가 상주 작가로 있는 김근태기념도서관을 거쳐 또 다른 장소, 또 다른 낭독자, 참여자와 함께하며 이어질 것이다.

소연 씨의 눈앞에 나타났던 영상이 흐려지고 다시 '시'와 '전환'이라는 글자가 선명해졌다. 시는 곧 전환이라는 것, 시 자체가 전환은 아니지만 시를 쓰고 읽는 행위는 전환하지 않고는 할 수 없는 것임을 소연 씨는 순간, 깨달았다. 누군가 시를 쓴다면 그 사람은 지금 전환 중이거나 전환된 상태라고 판단해도 그리 틀린 말은 아닐 것이었다.

전환은 반드시 시로만 오지는 않지만, 그 사람이 인식하든 그렇지 않든 전환의 순간은 시적 순간이 아닐까 생각했다. 그도 그럴 것이 지금 돌아보니 그때 '시인 되기'를 버리고 '시인 하기'로 전환하지 않았으면, 소연 씨는 시를 얻지 못했을 것이다. 이런 생각에 이르자, 생애 전환 문화예술학교가 기대되었고, 신중년과의 만남도 부담스럽지 않았다.

세 명의 시인이 8회로 예정된 프로그램에 함께 들어갔다. 세대의 눈으로 본 신중년과 한 사람 한 사람 개인으로 만나는 신중년은 완전히 다른 사람이었다. 아무래도 시적 순간을 예비하고 온 참여자라서 그런지 고민의 깊이도 프로그램 참여도도 남달랐다. 세 명의 시인이 돌아가면서 각자의 방식대로 참여자와 만났다. 그것도 회를 나누어 따로 들어간 것이 아니라 8회 모두 함께 들어갔다.

발랄한 성격의 소연 씨는 각각 차분함과 혹독함(?)을 맡은 두 시인, 은지 씨, 병일 씨와 함께 '시인 삼각 체제'를 형성해 참여자를 에워쌌고, 시시때때로 교실을 들었다 놨다 했다. 천차만별 참여자의 열망과 열정이 난반

사로 튀었지만, 눈빛만으로도 마음과 뜻이 맞는 3인 체제는 어떤 상황에서도 주저하거나 막히지 않았다.

집에서 시를 잔뜩 써 온 참여자는 병일 씨의 혹독한 첨삭을 기쁜 마음으로 견뎌야 했다. 참여자들이 시를 쓸 때는 팔짱을 끼고 지켜보지 않았고 함께 그 순간을 버텼다. 강사나 참여자의 구분 없이 모두 시를 썼다. 날것으로 드러난 실력 앞에 시인과 시인 아닌 사람의 구분은 없었다. 모두에게 그 순간만큼은 시의 순간이었다.

한 참여자의 고민은 이랬다. 젊은 시, 촌스럽지 않고 모던한 시를 쓰고 싶다는 것이었다. 그분이 쓴 시를 보고 소연 씨는 자신 안에 굳혀온 말, '촌스럽다'를 다시 생각했다. 모던과 젊음이 그의 시 앞에서는 빛을 잃었다. 그시는 촌스러울지언정, 개성이 고스란히 녹아 있는 시였다. 아직 소연 씨가 가질 수 없는 깊은 나이의 시였다. 그분은 젊은 시를 부러워했고, 소연 씨는 아직 이르지 못한 그 나이의 개성을 부러워했다. 프로그램이 회를 거듭하면서, 그분은 자신의 언어를 사랑하게 되었다. 젊음과 모던을 열망하던 마음을 내려놓고, 쉽게 가질 수 없는 자신만의 개성을 찾은 것이었다.

또 다른 참여자는 시를 읽으면 많이 울었다. 아이들을 모두 키워 결혼시키고, 얽매였던 집안일에서도 여유

이소연
서울

로워져서 시를 쓰고 싶은 마음이 생겨 프로그램에 나온 참여자였다. 시를 읽으면 거기에 얽힌 사연과 읽는 사람의 이야기가 쌓이고 섞이는데, 그때마다 그분은 눈물을 훔쳤다. 그분의 시에 들어 있는 이야기는 이랬다. 아이들을 모두 키우고 이제 좀 여유를 가질 만하다 싶었을 때 큰 병이 찾아왔다. 그래서 지금까지 하던 모든 집안일을 내려놓고, 가족들에게 각자 알아서 하라고 선언하고 자신이 정말 하고 싶은 일을 찾은 것이었다. 그렇게 그분은 시를 만났고, 그 시에 자신의 이야기를 얹어 눈물을 흘렸다.

또 한 참여자는 딱 한 가지, 여성에 대한 편견만 빼면 더없이 품위 있는 분이었다. 그 한 가지가 크긴 했지만 그렇다고 그것을 지적하고 바꿔보시라 할 수는 없었다. 그 나이까지 살아오며 쌓인 편견이었기에 쉽게 바뀔 것 같지 않아서였다. 시의 순간은 그래서 좋았다. 편견으로부터 달아나 시 속으로 들어가면 자신을 볼 수 있기 때문이었다.

그는 시 속에 있을 때 가장 아름다웠다. 그가 쓴 시의 내용은 대략 이랬다. 화자가 신호등을 기다리며 옆을 본다. 상가에서 누가 빈 소주병을 두고 간 것을 지켜보다가, 파란불이 되어 길을 건너는데, 바로 가지 않고 길 건너 아까 그 소주병이 놓인 곳을 돌아본다. 그때 그 빈병이 화자의 모습과 겹치는 이미지의 시였다. 선연하게 그려지는 쓸쓸한 정서를 드러내는 그 순간만큼은 그 참여자는 편견에서 멀리 떨어져 있었다.

그 외에도 참여자들은 모두 시의 순간을 감내하고 또 즐겼다. 그 순간만큼은 모두 시인이었고, 이전의 자신과는 다른 향기를 내뿜었다. 처음에는 말을 시켜도 다음 사람에게 넘기기 바빴던 참여자들이 어느샌가 서로 말을 하려고 나서는 지경이 되었다. 하지만 삶의 전환을 얼마나 많이 생각하고 또 이루었는지, 소연 씨는 알지 못했다. 처음부터 생애전환이라는 단어를 묶음으로 처리하고 시작했던 터라 물어볼 수도 대답할 수도 없는 질문이었다.

시의 순간이 그러하듯이 참여자는 자신의 나이에 걸맞은 생애전환을 생각해왔을 것이었다. 하지만 이번 시범 프로그램은 이를 드러내지 않고 예술, 즉 시에 방점을 둔 내용으로 진행되었다. 참여자는 이 프로그램을 통해 개성을 발견하는 등 시를 예전보다 더 잘 쓰게 되었을 수도 있고, 나를 위해 살아오지 못한 자신과 제대로 대면해, 뻴대도 빕도 해주지 않는 끝네없는 시 쓰기에 매달리는 재미를, 살면서 처음 느꼈을 수도 있다. 그리고 여성에 대한 편견으로 단단해져 있던 마음이 시 속으로 들어가 쓸쓸하고 초라한 자신의 다른 모습과 대면하면서 편견이나 허세를 잠시라도 벗어던졌을 수도 있다.

그 순간, 그 시의 순간, 그 전환의 순간을 전환이라고 바로 알아채지 못하더라도 인생의 전환은 곧 참여자들의 생활 속에서 다시 마주하게 될 것이었다. 시는 그런 것이었다. 참여자들의 몸을 통해 드러난 구체적인 시는 그런 모습이었다는 것을 소연 씨는 새삼 느끼고, 처음 걱정했던 여러 생각이 기우였음을 확인했다. 그러고 보니, 소연 씨에게도 이 프로그램을 통해 시의 순간, 전환의 순간이 일어났던 것이었다.

소연 씨는 그동안 해왔던 활동들, 우리 사회의 부조리한 구조를 밝히고 그곳에서 목소리를 내는 일을 계속하리라 생각했다. 자신이 쓰고 발표하는 시로도 물론 표현하겠지만, 시인의 사회 활동은 그 자체로 시적인 순간임을 확신했다. 그리고 몇 년 전부터 관심을 갖기 시작한 마을 활동도 폭을 넓혀나갈 계획이었다. 도봉구에 있는 김근태기념도서관 상주 작가로 있는 것도 마을 활동의 일환이었다.

코로나19가 발생하기 전에 진행했던 '여기저기 낭독회'는 마을이 아니면 할 수 없는 활동이었다. 흔히 낭독회 하면 문화적인 공간, 이를테면 책방, 도서관, 북카페 등에서 하는 걸로 인식이 되어 있고, 또 그래야 사람들이 많이 찾는다고 생각한다. 하지만 도봉구의 이곳저곳 마을에서 진행했던 '여기저기 낭독회'는 동네에서, 말 그대로 이런 가게 저런 상점에서 진행되었다.

반려동물 용품점, 그 옆의 맥주집, 건너편 파스타집 등의 브레이크 타임을 이용하거나, 손님이 적게 오는 시간대를 활용해 시를 읽는 시간을 가졌다. 낭독회라면 홍보도 하고 관객도 모집해야 하지만, '여기저기 낭독회'에서는 그런 번거로움과 수고로움을 내려놓고, 마치 스페인에서 시에스타siesta에 낮잠을 자듯 사람들이 시를 읽으며 보냈다.

그 시간이 되면 사장님, 손님, 지나가는 동네 주민, 옆 가게 사장님 할 것 없이 원하는 사람은 시를 읽고, 듣곤 했다. 소연 씨는 여기저기 가게를 다니며 함께 시를 읽고 얘기를 나누며 마치 마실 나가듯 '시 수다'를 떨었다. 이제 코로나19도 종식되어가니, 마을 활동 차원에서 '여기저기 낭독회'를 다시 진행하고 싶어졌다. 가게 걱정, 살림 걱정을 잠시 내려놓고 시를 읽는 그 순간만큼은 사람들에게 전환의 순간이 아닐까, 했다.

이소연
서울

어느 날, 도봉구 어느 골목 가게에서 머리핀을 고르는 사람을 보게 되면, 혹시 이소연 시인 아닐까, 하고 눈여겨보게 될지도 모른다. 소연 씨는 머리핀 하나를 고르는 그 설렘으로 한 달을 사는 천생 시인이다. 자신의 발걸음이 닿는 도봉구 마을 여기저기, 마을 주민의 마음 이곳저곳에 시의 순간이 열리기를, 그 순간이 잠시 열렸다 닫힌다 해도 반짝반짝 빛나는 그 순간을 기억하기를 소연 씨는, 시인은 바란다. 또한 '시범'이었던 '시험'이 확실히 '사업'으로 자리 잡아서 생애전환 문화예술학교의 정식 프로그램으로 진행될 수 있기를, 또 다른 미래의 나와 다시 만나기를 기다린다.

11 　　　　　　　　　　**김영진**

　　　　　　　　　　　창원

김영진 님은,

4살 때 형을 따라 간 유치원에서 피아노를 처음 만나 지금까지 음악과 함께하는 삶을 살아오고 있다. 중고 등학교 때 작곡을 배우고 대학에서 작곡을 전공했다. 음악 활동으로서 방송에 출연하고 사회 프로그램도 진행하고 있으며, 마을 일에도 관심을 갖고 지역사회의 문화예술 환경을 만들어가는 데도 힘쓰고 있다. 생애전환 문화예술학교의 매개자(강사)로서 프로그램을 진행하면서 아이들처럼 신기해하고 즐거워하는 신중년 참여자의 모습을 보며 같은 마음으로 1년을 보냄으로써 자신도 새로운 경험을 두려워하지 않는 서로 배움의 길을 찾을 수 있었다. '잘' 하는 음악보다 '쭉' 하는 음악을, 유명한 삶보다 즐거운 삶을 지향해온 그이에게 생애전환 문화예술학교는 그 어떤 프로그램보다 마음이 쓰이고 그래서 의미 있는 프로그램이다.

그이가 매개자로서 진행한 프로그램은 생애전환 문화예술학교 〈고마운 내 인생 쓸만한교校: 50플러스 밴드놀이〉(2021)이다.

음치 박치가 무슨 잘못입니까?

"아무래도 전 안 될 것 같습니다."

중년의 참여자가 조심스럽게 말을 꺼냈다. 첫 시간, 아직 출석도 부르기 전이었다. 들어오는 참여자가 편히 자리를 잡을 수 있도록 인사를 나누며 이런저런 이야기를 하고 있었다. 그는 프로그램이 진행되는 이곳까지 꽤 멀리서 오신 참여자였다. 영진 씨는 이미 결론을 내린 듯한, 물음표 대신 마침표로 끝맺음한 그 말에 바로 반박도 동의도 하지 않고, 얼굴에 웃음을 띠면서 대답 대신 그를 바라봤다. 그 눈빛이 '무엇 때문에요'나 '왜죠' 하는 대답이라도 되는 양 그는 바로 다음 말을 이어갔다.

"저는, 평생을 음치, 박치로 살아왔는데, 아무래도 그게 이런 프로그램에서 고칠 수 없을 것 같네요. 부산에 있는, 꽤 유명한 음치 클리닉이라는 데도 가봤는데 도통 소용이 없었어요. 장애 판정하듯이 못 고친다고 했거든요. 평생 노래 못하는 불치 판정을 받았다니까요."

영진 씨는 마치, 제 몸은 자기가 가장 잘 안다는 환자를 앞에 둔 의사의 처지가 된 것 같았다. 이런 말을 하는 환자는 대개 낫고 싶다는 절실함을 반어적으로 표현하는 것일뿐더러, 당신을 책임지고 고쳐주겠소, 하는 말을 듣고 싶기 때문이라는 것을 잘 알고 있었다. 하지만 그럴 수는 없었다. 음치, 박치가 '사회악'도 아니고, 더욱이 병도 아니기 때문이었다.

그분의 기대와는 달리 영진 씨는 '음치 탈출'을 약속하지 않았다. 그럴 수도 없었고 그래서는 안 된다고 생각했다. 그리고 무엇보다 '음치' '박치'라는 말도 마음에 들지 않았다. 음音과 박拍에 질병을 뜻하는 치癡라는 한자를 붙여서 환자 취급을 하는지, 누가 그 말을 처음 썼는지 그 사람을 만나 따져 묻고 싶었다. 알 수 없는 그 사람에 잠깐 화가 났다가 이내 마음을 다잡고, 그가 기대를 접고 다른 기대를 갖도록 차분히 이야기했다.

"그림을 못 그리는 사람이 있어요. 요리를 잘 못하는 사람도 있겠죠. 운동을 못하는 사람도 당연히 있겠죠. 물론, 모든 것을 다 잘하면 좋겠지만 사람이 어디 그럴수가 있나요? 노래도 마찬가지예요. 이런저런 것 중에

김영진
창원

잘하는 게 있는 것처럼 못하는 것도 있는 거예요."

　여기까지 단숨에, 하지만 또박또박 힘주어 말하고, 말 뒤에 잠시 쉼표를 붙이는데, 노래 못하는 병에 걸렸다고 자책하는 그가 말 사이로 불쑥 들어왔다. 기대했던, 힘들겠지만 저와 함께 치유(?)해보도록 하죠, 하는 말이 아니었는지, 낙담한 얼굴로 조금은 답답하다는 듯한 말투였다.

　"그러니까, 못하는 게 당연한 사람은 어쩔 수 없다는 거네요. 고치기 힘들다, 불치다 이런 말씀인 거죠?"

　말이 끊겨 쉼표를 길게 늘이고 있던 영진 씨는 다시 빙그레 웃지 않을 수 없었다. 절실한 참여자의 심정을 모르는 바는 아니지만, 조금 단호해질 필요가 있었다. 아프지 않은 사람에게 자꾸 약을 먹이고 심지어 수술까지 한다면 그건 과잉 진료가 아니라, 사기이기 때문이었다. 아픈 데가 없는 사람은 병원에 있을 필요가 없지만 노래 못하는 사람은 노래하는 곳에 있어도 된다. 아니, 노래를 즐겨야 한다. 그것이 '음치도 환영하고 박치도 환영하는' 이 프로그램의 취지였다. 단호해질 때는 질문이 가장 효과가 좋았다.

　"그래서 노래는 하고 싶으세요? 아니면 해야 할 이유가 있나요? 이 둘 중에 하나라면 그냥 해보는 건 어떨까요?"

예상 밖의 질문에 당혹해할 수 있을 것 같아서, 세 번째 질문은 살짝 청유형으로 마무리했다. 영진 씨는 음치가 병이 아니라는 이유를 자신의 프로그램을 통해 확인해오고 있었다. 만약 음치가 정말 병이라면, 고치지 않으면 몸이나 정신이 힘들어야 했다. 그 정도가 심해질수록 노래 잘하는 사람과 함께 있을 때, 즐겁기는커녕 자괴감, 불안감이 들어야 했다. 하지만 음치도 박치도 환영하는 프로그램에서는 음치와 박치가 음감이 생기거나 박자감이 좋아지지 않아도 음악을 즐기고 노래를 함께하는 데에 어떤 불편도 제약도 없었다.

만약, 음치와 박치가 노래를, 음악을 좋아하지 않고 즐기지 않고 듣지 않는다면, 그렇게 하면 되었다. 문제는 노래하고 싶고, 음악을 즐기고 싶고, 또 노래해야 할 작은 이유라도 있기 때문에 음치나 박치인 것이 괴로운 것이었다. 예상 밖의 질문을 받아 당혹해하는 참여자가 대답을 찾지 못하고 있을 때, 영진 씨는 하던 말을 마저 이어갔다.

"프로그램에 참여하겠다고 신청하셨으니, 이것만 결정하고 시작하죠. 선생님 스스로에게 한번 질문해보세요. 노래를 부르고 싶은가, 안 부르고 싶은가, 그다음에

김영진
창원

노래를 불러야 하나, 안 불러야 하나. 이 둘 중에 하나라도 부르고 싶고, 불러야 한다면, 프로그램에 참여하는 데 문제가 없습니다. 그다음에 잘하고 못하는 사람이 있겠지만, 즐기는 데는 문제없잖아요? 자, 그럼 이제 본격적으로 인사 나누고, 노래를 불러볼까요?"

먼 데서 오신, 음과 박에 마음 다쳤던(?) 그 참여자는 다행히 문을 박차고 나가지 않았고, 고개를 갸우뚱거리며 자기 자리로 돌아가 앉았다. 노래를 불러보고 싶다거나 음악을 즐겨보겠다는 마음이 그때 바로 생겼는지는 모르겠다. 아무튼 그는 프로그램 마지막 시간, '성과공유회'란 이름으로 모두 합창을 할 때 그 자리에 있었고, 목소리를 내서 음과 박을 맞추려고 했고, 얼굴에는 긴장된 밝은 미소를 머금었다. 아마추어 성악가라 해도 손색이 없는 참여자와 나란히 어깨하고 함께 노래하는 그는, 음치 박치를 질병이라고 생각했던 분이 맞나 싶을 정도로 상기된 표정으로 노래를 즐기고 있었다.

영진 씨는 그 모습을 보면서 또 하나, 마음에 새겼다. 합창은 꼭 노래 잘하는 사람들이 하는 것은 아니다. 잘하든 못하든 함께 노래할 수 있다면 그게 '합창'인 것이다. 서로의 눈빛을 교환하고 함께한다면, 소리가 살짝 어긋나는 것은 문제가 되지 않는다. 눈빛과 소리의 어긋

남에도 마음이 딱딱 맞으면 그게 합창인 것이다. 이런 생각을 하며, 무심히 여러 사람의 목소리가 한데 어우러져 흘러가는 곳을 쫓는데 거기, 어린 영진 씨가 음악에 귀를 기울이고 있었다.

'선생님이 노래하면서 손가락으로 치고 있는 저건 뭘까? 시커멓고, 선생님 노래와 잘 어울리는 소리를 내는 거, 저거.'

4살 영진은 두 살 터울의 형을 따라 유치원에 갔다가 처음 피아노를 만났다. 피아노를 처음 본 것이 아니라, 피아노와 첫 만남을 가진 것이었다. 첫 만남의 인상은 강렬해서 그 시간 이후로 온통 머릿속은 시커먼, 하얀 이를 드러내며 영롱한 소리를 내는 피아노뿐이었다.

집으로 돌아온 영진은 엄마를 조르기 시작했다. 아까 봤던 피아노를 설명하고 선생님처럼 치고 싶다고 했다. 피아노는 사줄 수 없었으므로 엄마는 학원에 데려갔다. 집안에 음악은 물론이고 예술과 관련된 일을 하는 사람은 가까운 친척 중에서 아무도 없었으므로 상의할 사람도 없었다.

피아노 학원에서 처음으로 피아노를 쳐본 영진은 마치 하얀 눈 위를 밟고 지나가는 기분이었다. 흰 건반을 누르면 손끝이 차가워졌다. 영진의 손은, 처음에는 하얀 건반 위만 다니다, 얼마 지나지 않아 하얀 건반 사이사이에 있는 검은 건반 위를 다니기 시작했다. 이윽고, 흰 건반 검은 건반을 넘나들며 내달리다가 천천히 걸었고, 지치면 잠시 쉬기도 했다. 손가락과 건반이 만나 울려나오는 소리는 마치 한겨울밤 눈 내리는 소리 같기도 했고, 한여름 소나기 퍼붓는 소리 같기도 했다. 또 활짝 핀 봄꽃을 닮았다가 가을날 떨어지는 낙엽을 따라갔다.

영진의 손가락 건반 산책은 아버지의 예상과는 달리 6학년 때까지 멈추지를 않았다. 그사이 피아노 학원을 자주 옮겼지만 피아노가 싫거나 선생님이 미워서는 아니었다. 남자애는 영진밖에 없었으므로 여자애들이 수군거렸다. 머시마가 피아노가 뭐꼬, 하는 소리가 들려오는 속에서 지내기 힘들어지면 그때마다 학원을 옮겼다. 다른 사람이 말하는 것처럼 피아노에 대한, 음악에 대한 열정이 대단했다고 영진은 생각하지 않았다. 다만, 피아노가 좋았고, 피아노 치는 것이 즐거웠다. 그 시간만큼은 오롯이 자기 것이기 때문이었다.

6학년이 되자 아버지는, 그만하면 됐다, 이제 공부해야지, 하며 학원을 끊어버렸다. 공부도 잘한 것이 화근이라면 화근이었다. 거의 6년 내내 음악 시간에 선생님

대신 풍금을 맡아왔고, 3학년 즈음부터는 동네에서 누가 결혼을 하면 영진의 결혼행진곡이 울려 퍼졌었다. 한 번도 피아노를 관둔다는 것을 생각지도 못했는데, 중학교 진학을 앞두고 아버지라는 큰 강물이 영진의 길을 막아서고 말았던 것이었다.

아버지의 뜻을 거스르기에는 영진은 너무 어렸다. 피아노에서 성적이 나오는 것이 아니었기에 속에서는 거대한 반발이 일었지만, 그것은 작은 잔 속의 태풍일 뿐이었다. 영진은 피아노로부터 돌아섰지만, 음악은 영진을 잊지 않았다. 중학생이 된 5월의 어느 날, 혼자 목욕탕을 향해 내려가는데, 느닷없이 음악이란 놈이 피아노 대신 새 옷을 입고 불쑥, 앞에 나타난 것이었다.

길가 음악 학원이 새로 문을 여는지 한창 단장 중이었다. 여닫이문 창에 선팅을 하는데, 가만 보니 거기에 붙이고 있는 글씨가 아리송했다. 반주법은 반주하는 방법인 건 알겠는데 그 옆에 붙은 글씨는 알 듯 말 듯했다. 작곡법? 작곡하는 법을 배울 수 있다고? 베토벤이나 모차르트가 되는 법을 알려준다? 짐작은 할 수 있었지만 그 옆은 도통 모르는 말이었다. 화성학? 대위법? 음악 학원에서 지구 밖 화성을 배운다? 또, 군대와 무슨 관련이 있나?

김영진
창원

궁금한 건 못 참는 중1 영진은 꼬리에 꼬리를 무는 물음표를 작업 중인 아저씨에게 들이밀었다. 다행히 원장이 직접 선팅 중이었다. 그분은 대뜸 피아노 칠 줄 아느냐고 물었고, 관심 있으면, 목욕 마치고 어머니를 모시고 오라고 했다. 그리고 다시 수성이 아닌 화성의 학문, 대령이 아닌 대위의 법을 꼼꼼히 붙이고 있었다. 마음이 급해진 영진은 목욕탕에서 비누칠도 하는 둥 마는 둥 바가지로 물 몇 번 끼얹고 나와 집으로 내달렸다.

어머니는 의외로 순순히 영진의 손에 이끌려 아까 그 학원으로 갔다. 노래하기 좋아하고 예술에 관심이 많았던 어머니는 내심, 4형제 중 한 명쯤은 예술을, 음악을 해도 좋겠다고 생각한 모양이었다. 두 말 없이 영진을 그 작곡 학원 원장 선생님의 1호 제자로 등록시켜주었다. 또, 아버지의 반대에 방패막이가 되어주었다.

영진에게 피아노가 놀이동산의 바이킹이라면 작곡은 롤러코스터였다. 둘 다 짜릿한 맛이 있었지만 작곡은 신천지였다. 논밭만 보다가 라벤더 꽃밭에 빠진 것처럼. 잠시, 피아노를 떠났던 영진은 작곡뿐만 아니라 클래식 기타에 성악까지 배우기 시작했다. 사실, 음악에서 작곡은, 화성학과 대위법을 배워야 하는 음학音學이나 마찬가지였다. 그것도 과학에 해당하는. 그러므로 화성학을,

화성을 공부하는 과학이라고 생각했던 것이 꼭 틀렸다고 할 수는 없었다. 영진은 건반 위를 걸을 때보다 콩나물 같은 음표를 키우는 게 훨씬 재미있었다.

고등학교 진학할 즈음, 아버지는 다시, 그만하면 됐다며 공부만을 강조했다. 늦게 사춘기가 찾아온 탓인지 영진은 이번만은 순순히 아버지의 말씀을 받아들이지 않았다. 이게 다 공부 때문이라는 결론을 내리고, 음악을 위해 공부를 포기했다. 그리고 아버지에게는 비밀로 하고 어머니의 후원을 받아 레슨은 계속 받으러 다녔다. 하지만 고등학생이 되어 계속 떨어지는 성적에도 아버지는 꿈쩍하지 않았다. 그런 대치 상황에서 결국 고2 여름방학 때 사달이 나고 말았다.

영진의 눈에 이상이 생긴 것이었다. 망막에 생긴 병으로 부산의 백병원에서 큰 수술을 두 차례 받았고 한 달 넘게 입원을 해야 했다. 그렇다고 병이 낫는 것이 아닌, 더 나빠지지 않는 수술이었다. 그때, 영진은 베토벤을 떠올렸다. 청각을 잃고 오히려 더 훌륭한 작곡을 했던, 9번 교향곡의 '환희의 송가'가 들려오는 듯했다. 사람들은 청력을 잃은 베토벤의 불행을 강조하지만, 영진은 이때 깨달았다. 음표만 띄울리면 들려오는 영혼의 소리가 있었으므로, 청력을 잃은 것은 작곡을 하는 데 아무런 제약

김영진
창원

도 되지 않았고, 불행은 더욱더 아니라는 사실을. 오히려 베토벤만큼 음악으로 행복했던 사람은 없다고 생각했다.

한 학기를 휴학하고 다시 2학년으로 복학한 영진은 더욱 음악에 빠져들었고, 그 완고하던 아버지도 결국, '자식 이기는 부모 없음'을 증명해주었다. 주위에서는 시력이 안 좋아진 영진을 안타까워했지만 영진은 이때부터 좋아하는 음악을 할 수 있어서 마음껏 행복을 누렸다. 음대에 진학했고, 그 이후의 삶도 음악과 함께였다. 음악 말고는 특별히 좋아하는 것도 없었다. 설악산으로 여행 가는 것은 내켜 하지 않았지만, 설악산에서 음악제를 한다면 갈 수 있을 것 같았다. 대학원에 진학했지만 학교에 남기 싫어서 석사 학위는 포기했고, 교원자격증도 양보했다. 교육이라는 틀 속에서 선생님이 되는 순간, 자신이 하고 싶은 음악을 마음껏 할 수 없을 것 같았기 때문이었다.

아버지가 걱정했던 경제적 어려움을 생각하면 학교에 남았어야 했지만, 또 그런 의미에서 영진은 학교에 머물지 않았다. 작곡으로 음악 활동을 계속하면서 인연이 되어 방송도 하게 되었다. 그동안 클래식 작곡뿐만 아니라, 뮤지컬이나 시극, 무용 음악으로도 활동의 영역을 넓혔다. 부마항쟁 40주년을 기념하는 음악극의 음악 감독을 맡았던 일, 3·15의거 60주년 기념 음악제의 곡을 위촉받은 일 등은 지역에서 활동하는 작곡가로서 특별한 의미로 남았다. 또한, 생애전환 문화예술학교에서처럼 프로그램을 기획하고 예술 강사로서 참여자를 만나왔다. 그리고 대학원에서 잠시 조교로 있을 때 만난 아내와 결혼했고, 아이 둘도 두었다. 그 아이들이 자라면서 자연스럽게 동네의 음악 환경에도 관심을 갖게 되었다.

느닷없이 삶의 어느 마디에서 나를 생각할 때가 있다. 마치 몸의 허물을 벗고 순식간에 크는 동물처럼 생의 마디에서 자신이 커졌다는 자각을 하게 되는 것이다. 영진 씨에게도 그런 삶의 마디가 있었다. 영진 씨는 그 마디마디가 모두 음악과 관련되어 있어서 새삼 다행이라 생각했다. 스스로 게으르고 성실한 사람이라고 생각하는 영진 씨는, 음악을, 게을러 '잘'은 못했지만 성실해서 '쭉' 해왔다고 생각했다. 형을 따라간 유치원에서 피아노를 처음 본 4살 때, 작곡을 처음 배웠던 중학교 1학년 때 그 목욕탕 가는 길……. 이제 자신의 음악에서 우리의 음악으로 넓혀가는 마디가 또 생겼다. 생애전환 문화예술학교 등 사회 프로그램노 그넣고, 마을에 음악을 심은 것도 그랬다.

김영진
창원

영진 씨는 마산에서 태어났고 몇 번의 이사를 했지만 창원을 벗어난 적이 없었다. 지금 살고 있는 동네는 아파트가 없는 곳이다. 크고 작은 주택이 이루는 골목은 정겹기까지 했다. 하지만 동네 주민 대부분은 바쁜 삶을 살아가느라 여력이 없었고 마을에는 이렇다 할 문화적 환경이 형성되지 않은 상황이었다. 아이들이 마을 도서관에 다닐 즈음, 영진 씨는 마을의 문화적 환경을 생각하지 않을 수 없었다.

이러저런 이유와 과정을 거쳐, 동네의 정말 작은, 손바닥만 한 도서관 앞마당에서 후배들로 구성한 실내악 연주팀을 불러 작은 음악회를 열게 되었다. 언제 아이들이 이런 연주를 들어볼까, 언제 연주자가 이런 장소, 이런 관객을 만나볼까, 바로 눈앞 1~2미터 앞에 아이들이 눈망울을 빛내 듣고 있는 연주 경험, 관객 경험을 해볼까 하는 마음으로 기쁘게 준비했다.

어떻게 보면 연주자에게는 실례를 넘어 무례한 요청일 수도 있는 열악한 무대 조건이었다. 하지만 작은 동네에 제대로 무대를 갖춘 콘서트홀이 있는 것도 아니고 야외여도 무대와 객석을 구분한 번듯한 야외 음악당이 있는 것도 아니었다. 훌륭한 연주자는 악기를 탓하지 않듯, 초청된 실내악팀은 장소를 탓하지 않았다. 실내악이지만 실외에서도 썩 훌륭히, 그것도 클래식 감상 예절을 익힌 적도 없는 어린 관객을 앞에 두고도 멋진 연주로 관객의 호응을 이끌었다.

영진 씨는 마을 주민이 좋아할 줄은 예상했지만, 열악한 공연 여건에 맞닥뜨린 연주자가 그럴 줄은 미처 몰랐다. 그저, 이곳에서 연주를 해주는 것만으로도 고마울 따름이었다. 관객의 눈망울 속에 비친 연주자가 보일 정도로 바로 눈앞에서 박수를 치고 환호를 하는, 그런 호응을 받아본 경험이 여기 말고 또 어디에 있었겠는가. 한두 번으로 끝날 줄 알았던 작은 음악회는 지금까지 봄이나 가을, 일 년에 1~2회는 열려, 동네의 명물로 자리잡았다.

가을마다 열리는 동네 축제에도 영진 씨는 기획자로서 참여했다. 무슨 직책이나 자리가 있는 것은 아니었지만 축제를 주민 자치로써 준비하는 자리에서, 게으른 그답지 않게 성실하게 욕심을 내보였다. 마을 주민 중에는 축제 때, 일상의 힘듦을 잠시 잊고 신나게 놀고 싶어 하는 분이 없었던 것은 아니었다. 다른 동네처럼 가수도 부르고 연예인도 초청해 목청껏 노래도 따라 부르고 전국노래자랑처럼 춤도 추고 싶은 것이었다. 영진 씨는 그렇다고 마을 축제에서 마을 주민을 구경꾼으로 만들 수

김영진
창원

는 없었다. 그래서 무대에 서는 사람의 대부분이 우리 마을 사람일 것, 무대를 준비하고 만드는 사람도 주로 우리 주민일 것, 무대 위 아래에서 즐기는 사람도 대부분 우리 마을 사람일 것 등 3가지를 마을 축제의 원칙으로 관철시켰다.

그런 원칙에 따라 동네에 있는 음악 학원, 태권도 도장, 어린이집 등에서 준비한 악기 연주, 합창, 태권도 시범이 무대에 올랐다. 그 아이들의 가족이 모두 객석을 채워, 가수나 연예인 초청 없이도 축제는 즐겁고 보람되게 진행되었고, 의미 있게 마무리할 수 있었다. 500여 명이 모여 박수 치고 환호해도, 심지어 심장을 울리는 앰프 소리가 나도 누구 하나 민원을 제기하는 사람이 없었던 것은 바로 주민에 의한, 주민을 위한, 주민의 잔치이기 때문이었다. 그렇게 되자, 떡 돌려가며 양해를 구하고 하는 쓸데없는 일을 하지 않아도, 홍보도 잘되었고, 시끄럽다고 외면하는 사람도 없었다.

영진 씨가 무엇보다 보람 있었던 것은, 아이들이 그나마 문화적인 환경에서 자란다는 것이었다. 아이들이 자라는 동안 이 작은 음악회, 소담한 마을 축제가 얼마나 영향을 주는지는 모르겠지만, 치자 물이 하얀 천에 스며 샛노란 옷감이 되듯 그들의 어느 삶, 어느 생활에 아름다운 음들이 떠오른다면 더 바랄 게 없었다.

영진 씨는, 신중년들이 음치도 박치도 환영하는 프로그램에 처음 참여할 때 보이는 모습이 대개 비슷하다고 생각했다. 성격이 활달한 편인 참여자도 뭔가를 결정해야할 때, 대부분 자기 목소리 내는 것을 주저했다. 배려라는 이름으로 옆 사람 눈치를 보거나, 민폐를 끼치지 않으려는 마음이 앞서서 어떤 결정도 내리지 못하는 것이었다. 뭐 드시겠어요, 하면, 아무거나, 하는 것처럼, 무슨 노래할까요, 하면 말은 않고 옆 사람을 둘러봤다.

하지만 프로그램이 진행될수록 참여자들은, 노래를 잘하든 못하든 함께 목소리를 내고 서로의 소리에 귀 기울여 더 큰 소리로 모였다. 그리고 자신의 소리는 자신이 결정하고, 소리를 모으는 합창은 그 결정된 것이 모이는 것임을, 마치 음악에 젖듯 알아가는 모습을 발견했다. 그리고 그때부터 하고 싶은 노래를 말하거나 의견을 나누는 데에 거침이 없었다.

나이가 들면 흔히 현명해진다고 한다. 하지만 그 현명함이 혹시, 주저함이나 눈치봄이 아닐까 영진 씨는 생각했다. 그래서 프로그램에서 음을 만들지 말고, 자신감 있게 소리를 내라고 했던 것이었다. 소리로써 자신감을

김영진
창원

얻고, 자존감을 회복하거나 유지한다면 신중년의 삶은 두려울 게 없을 것 같았기 때문이었다.

'잘'하는 음악보다 '쭉' 하는 음악을, 유명한 삶보다는 즐거운 삶을 지향해온, 신중년 영진 씨는 확신했다. 음악뿐만 아니라 무슨 일을 하든, 즐겁지 않으면 자신감이 생기지 않는다는 것을, 자존감은 즐거운 자신감에서 나온다는 것을. 영진 씨는 또래의 신중년에게 말하고 싶었다. 그런 삶이 아니었다면 이제부터 그런 삶을 스스로 선택하고, 그런 삶이었다면 더욱 그런 삶을 '쭉' 살아야 한다는 것을, 남은 생은 음악처럼 아름다워야 한다는 것을, 듣거나 보거나 하거나 즐거워야 한다는 것을……

12

이소선
제주

이소선 님은,

대학교에서 신문방송학과 아동학을 전공했으나 졸업을 한 학기 남겨두고 인생의 첫 마디를 맞았다. 그때 처음으로 산책을 했을 정도로 23살 때까지 이른바 모범생으로 부모의 욕망을 자신의 욕망으로 여기며 살아왔다. 그때 이후 삶의 방향을 바꿔 살기로 하고 대학원 과정으로 한국예술종합학교 연극원에 진학했다. 아동 청소년극을 전공했으며 졸업 후 아동 청소년극 연출 및 아동 청소년이 참여하는 문화예술 프로그램 등을 기획했다. 제주에서 교사로 지내는 남자 친구의 집에서 보낸 일주일을 계기로 천천한 제주의 삶을 받아들이고, 그와 결혼해 제주에 정착해서 살아오고 있다. 제주에서는 다양한 분야의 문화예술인을 만나 프로그램 기획과 연극 연출 등의 일을 하고 있다. 현재 '이야기공방 마음담기'의 대표로서 아동 청소년을 중심으로 사람들이 자기 안의 이야기를 엮어낼 수 있도록 돕고 있다.

2022년, 처음으로 진행하는 제주 생애전환 문화예술학교의 기획자로서 그이는, 제주 지역 문화예술인 등 다섯 명의 연구진으로 연구 모임을 꾸려나가고 있다. 생애전환 문화예술학교가 제주에 안착할 수 있도록 모임에서 많은 이야기를 나누며 지역 특성에 맞는 프로그램을 만들어가고 있다.

막, 조들지 맙서게

"죄송합니다. 제가 할 수 있는 일이 아닌데요."

그럼에도 자료를 보내줄 테니 좀 시간을 두고 생각해달라는 말이 저편에서 건너왔다. 자료를 검토해본들 생각이 달라지지는 않겠지만 예의상, 그러겠다는 말을 남기고 전화를 끊었다. 휴대폰 화면에 비친 자신의 얼굴은 잘못 걸려온 전화를 한참 동안 응대하다가 끊은 사람의 어리둥절한 표정이었다. 소선 씨는 궁금했다. 왜, 나일까? 문화예술 기획자이고 교육자이긴 하지만 그동안 주로 어린이, 청소년과 함께 일을 해왔는데, 느닷없이 5, 60대라니.

물론, 제주도에 정착한 8년 동안, 서울에서 활동할 때처럼 꼭 아동·청소년 연극 연출이나 프로그램 기획만을 한 것은 아니었다. 아동·청소년이 아닌 연령대가 참여한 프로그램도 여럿 있었고, 거기에는 5, 60대도 참가를 했었다. 하지만 일부러 중년을 대상으로 참여자를 모집한 것도 아니었고, 프로그램에서도 그 나이에 맞춤한 활동을 한 것도 아니었다.

서울에 있을 때, 아동·청소년이라는 틀에 맞춘 활동이 갑갑했던 건 사실이었다. 그래서 제주에 와서는 틀에 얽매이지 않고 사람들을 만나고, 그들과 네트워킹하면서 소통해오기는 했다. 그 결과 다양한 연령이 함께하는 커뮤니티도 여럿 생겼기에 굳이 따지면 중년이라 해서 문제될 것은 없었다. 그러고 보니 아까 통화에서 거절의 이유를 잘못 말했다는 생각이 번뜩, 머리를 스쳤다.

죄송합니다. 제가 잘 모르는 일이네요, 했어야 했나? 소선 씨는 그랬다. 곰곰 생각해보니 5, 60대에 거리감이 있었다기보다는 그 연령대를 잘 몰랐다. 일상으로 만나는 사람 중에 그 연령대가 없는 것은 아니지만 나이를 염두에 두고 그분들을 만난 것도 아니었고, 그분들이 자신에게 나이를 앞세웠던 것도 아니었다. 미지의 영역이거나 복잡하고 오묘해서 알 수 없는 것이 아니라, 그 연령대, '신'중년에 관심이 없었기 때문이었다.

통화에서 요즈음의 5, 60내를 '신'중년이라고 한다면서 프로그램의 취지를 설명했지만, 신세대나 신인류

이소선
제주

같은 말을 흉내 낸 것 같아 좀 거슬렸다. 이전에 없던 중년이어서 '신'중년이라는 말인데, 과연 지금의 5, 60대에서 어떤 새로움을 발견할 수 있을까, 하는 이유에서였다. 기대수명이 100세를 넘어서는 시대이다 보니 예전과 달리 남은 생도 살아온 생만큼 길어서 신중년이라는 데에는 동의할 수 있었다.

하지만 객관적 조건이 새롭다고 해서, 주체적인 조건까지 새로울 수 없으므로, 통화에서 말한, '생애전환 문화예술학교'의 신중년 프로그램은 주체적인 조건도 새로울 수 있도록 하는 프로그램, 그런 목표로 진행하는 프로그램이어야 하지 않을까, 하는 생각에 이르자, 소선 씨는 좀 놀랐다. 이미, 이 프로그램을 깊이 생각하고 있는 게 아닌가.

소선 씨는 어머니 아버지를 떠올려보았다. 두 분 모두 60대이지만 그동안 두 분의 삶을 살펴보거나 관심 깊게 들여다본 적이 없었다. 그냥 자신에게는 어머니 아버지일 뿐이었다. 갑자기 궁금해졌다. 이소선의 부모로 살아왔는지, 아니면 각자의 이름대로 살아왔는지. 그러면서 소선 씨는 자신의 지난날을 돌아봤다. 이소선보다는 누구의 딸로 살아온 시절, 소선 씨는 저도 몰래 눈을 감았다. 멀리 캄캄한 속에서 어린 소선이 걸어오고 있었다.

"잘했네, 우리 딸. 한 번도 공부하라고 큰 소리 낸 적도 없는데……."

소선은 말없이 함박웃음으로 답했다. 어머니가 이렇게 좋아하는데 그깟 공부쯤이야, 하는 생각이었다. 어머니가 자기 친구에게 소선을 인사시킬 때에도 꼭 덧붙여 하는 말이었다. 한 번도 공부하라고 한 적이 없는데…… 말끝을 맺지 못했지만 거기에는 무수히 많은 자랑이 들어 있었다. 아버지 역시, 그래 더 열심히 해야지, 대놓고 칭찬하지는 않았지만, 그 말 다음에는 '좋은 대학' '좋은 남자'가 들어 있었다.

소선 역시, 부모의 말이 자신의 생각인 양, 고개를 끄덕였다. 남들이 다 겪는 사춘기도 없이 중학교를 다닌 것도 어머니에게는 자랑거리였다. 모범생. 소선의 중고등학교 시절을 한마디로 요약하면 이랬다. 차마 부모 속을 썩일 수 없어서가 아니었다. 소선의 내면에서도 어머니 아버지의 자랑인 것이 곧 자신의 바람이었다.

대학에 진학해서도 마찬가지였다. 신문방송학과 아동학을 복수 전공했고, 조기 졸업해서 대기업에 취업해 서른 살에 과장이 되는 것이 꿈이었다. 아니, 구체적인 계획을 세워둔 목표였다. 옆으로 눈길 한 번 주지 않고 경주마처럼 달리던 소선 씨는 결국 결승점을 앞둔 4학년

2학기에 갑자기 멈춰 서고 말았다. 중학교 때 슥, 지나갔던, 그래서 어머니의 자랑거리였던 사춘기가 대학교 4학년 가을에 찾아온 것이었다.

몸은 무기력하고, 마음은 충동적인 상태. 복수 전공은 끝내났고, 남은 학점도 얼마 안 되는, 바로 결승점 앞에서 소선 씨는 털썩, 휴학계를 내고 주저앉고 말았다. 지금까지 정말 먼 길을 차안대를 쓴 말처럼 앞만 보고 달려온 것이었다. 소선 씨는 고등학교 때, 한 번도 친구들과 어울려 영화를 본 적이 없었다. 시험 끝나고 몇 번 갔지만 노래방도 별 흥미가 없었다. 시험을 마치면 긴장이 좀 풀리는 정도였고, 스트레스를 딱히 느낀 적이 없었기 때문이었다. 공부 말고는 특별히 해야 할 것도, 하고 싶은 것도 없었다. 그렇게 살아온 25년이었다.

아무것도 안 하는 나날이 지속되었다. 이렇게 자도 되나? 이렇게 누워 있어도 되나? 하는 불안감이 엄습했지만 아무것도 안 하는 생활을 만끽하는 자유로움이 불안을 삭여주었다. 그리고 무작정 걷기 시작했다. 돌아보니 그동안 산책을 한 번도 한 적이 없었다. 말 그대로 목적지도 없이 걷는 일이 이렇게 좋을지는 몰랐다. 마치 발에 자율신경이라도 생긴 것처럼 정처 없이 걷고 또 걸어다녔다. 그 시간이 쌓일수록 아무것도 안 하는 불안감은 자유로움으로 바뀌어갔다.

소선 씨는 자신을, 그때 처음 들여다봤다. 소선 씨 안에 있던, 부모님의 자랑이라는 필터 저 안쪽에 자리한 자신의 진짜 욕망을 읽었다. 너, 되게 놀고 싶었구나, 그런데 너, 정말 놀 줄 모르는구나, 하는. 소선 씨는 자신의 욕망에게 물었다. 너, 어떻게 살고 싶니? 뭐가 불안해? 뭐가 무서워? 왜 그렇게 끝없이 움직여? 너, 왜 멈출 줄 모르니? 처음 물어본 말이었고, 처음 들어본 말이었다. 스물다섯 가을이었다.

소선 씨의 부모 역시, 자신의 삶을 살기보다는 그 시대 사람들이 대개 그러하듯 사회가 정해준 어떤 기준에 따라, 훌륭한 가족, 행복한 가정을 꿈꾼 것이 틀림없었다. 스스로 가치 있는 삶, 하고 싶은 일을 하기보다는 가족을 위한, 자식을 위한 삶을 살았고, 자랑스러운 딸이 곧 자신의 욕망이라고 여기는 삶이었다. 사회의 요구가 부모의 욕망이 되고 부모의 욕망이 소선 씨의 꿈이 된, 결국 어디에도 '나'는 없는 부조리한 정상 가족이 25년 동안 소선 씨가 살아온 행복의 매트릭스였다.

소선 씨는 여기까지 생각이 미치자, 아무래도 서설했던 것을 뒤집을 것 같은 불길한(?) 예감이 들었다. 아무것

이소선
제주

도 모르고, 관심이 없었다는 점이 거절의 이유였다면, 이제부터 관심을 갖고 알아가면 되는 것이었다. 다행히 바쁘게 준비해서 바로 실행에 옮겨야 하는 일은 아니었다. 사실, 그동안 많은 일이, 특히 제안을 받고 시작하는 일은 대부분, 처음의 분위기와는 달리, 제안한 쪽에서 서둘러달라는 신호를 보내고, 걱정과 압박과 읍소를 하기 일쑤였다. 그럴 때마다 소선 씨는 빙긋, 웃으며 서둘지 말고, 걱정하지 말라며, 말했다. 그리고 믿음을 갖고 지켜보라는 의미로. "막, 조들지 맙서게."

제주에 정착한 지 8년밖에 안 됐지만 이제는 서귀포와 제주의 사투리를 조금 구별할 줄 알 정도로 제주 사람이 거반 다 되었다. 물질하는 할망들이 나누는 말은 여전히 제대로 알아듣지 못하지만 그 외의 제주어는, 알아듣는 것은 물론, 곧잘 따라 했다. 처음에는 잘 곁을 주지 않는다고 생각했던 동네 어른들이 언젠가부터 자신의 생활에 참견하기 시작했다. 여자가 집에서 애만 키우면 안 된다, 물질은 못할 테니 고사리라도 뜯든가 귤이라도 따든가, 했다. 그럴 때는 이제 나도 제주 사람인가, 하는 기분이 들었다.

아무튼 소선 씨는 어찌어찌해서 결국, 제주문화예술재단의 제안을 받아들이고 말았다. 그리고 함께 기획을 고민할 연구 모임을 꾸렸다. 제주 지역에서 이 일을 감당할 수 있는 문화예술 기획자, 인문적 소양을 갖춘 다섯 명이 연구진으로 참가했다.

그 과정에서 역시, 소선 씨 또래의 30대는 소선 씨가 그랬던 것처럼 제안을 흔쾌히 수락하는 사람이 한 명도 없었다. 그렇다고 50대 기획자가 선뜻, 응했던 것도 아니었다. 자신이 50대인 것은 맞는데, 50대를 잘 모르고, 또래 친구들도 거의 없다는 이유에서였다. 6, 70대는 요즈음 50대, 잘 모르겠다는 식으로 거절을 했다.

인사가 만사라는 말이 있듯이, 사람 꾸리는 일은 언제나 힘들었다. 한 달가량 사람을 찾느라 진을 뺀 뒤, 겨우 인선을 마무리할 수 있었다. 그런데 '산 너머 산'이었다. 다섯 명으로 연구 모임을 꾸렸지만, 역시 문화나 예술이나 학교는 그렇다 쳐도, (신)중년, (생애)전환이라는 말 앞에 묵묵부답일 수밖에 없었다. 이건 흰 종이 위에 뭘 그려야 할지 모르는 막막함이 아니라, 뭘 그려야 할지 막막한데 종이가 없어서 스케치북 파는 곳을 알아봐야 하는 상황이었다.

'신중년' '생애' '전환' '문화' '예술' '학교'. 사실, 이 중에서 하나도 제대로 읽기 힘든데, 이 단어들을 조합해 만든 비밀번호를 찾아야 하는 당혹감과 막막함이 연구진에게 밀려들었다. 어디 '포렌식'이라도 의뢰해서 풀 수 있다면 그렇게 하고 싶은 심정이었다. 그런 곳은 없었으므로, 어차피 다섯 명이 머리를 맞대고 하나하나 궁금해하고, 바라보고, 질문하면서 조합해나갈 수밖에 없었다.

처음에는 신중년에 대한 그러그러한 편견, 이른바 세대적으로는 '꼰대론'이나 사회적으로는 '민주화 세대'라는 말이 나왔지만 그것은 개인으로 들어가면서 대부분 반증되고 부정되었다. 설사 그렇다고 해도 그래서 다음은, 하면 별로 이을 말이 없었으므로, '카더라' 이상도 이하도 아니었다. 그렇게 머리를 맞대면 맞댈수록, 이야기를 하면 할수록 신중년은 모르겠다는 것이었다. 무엇은 무엇이다, 어떠하다가 아니라, 무엇인지 모르겠다, 하는.

그동안 정말 아무것도 몰랐구나, 하는 마음으로 보니, 신중년은 되게 묘하게 소외되어 있는 세대라는 생각도 들었다. 후배 세대, 자식 세대로부터는 물론이고, 선배 세대에게조차, 그 나이를 지나왔음에도 우리 때와는 달라, 하는, 듣도 보도 못해 새롭다는 의미로 '신'중년이었다. 모른다는 것은 소외를 의미했으므로, 소외된 신중년에게 미안한 마음이 들 정도였다.

그런데 소선 씨는 그 미안한 마음이 기획의 키워드가 아닐까, 하는 생각도 잠시 들었다. 관심이 없었고, 아무것도 몰랐고, 미안하므로, 자꾸 뭘 해주고 싶은 마음. 그동안 그 나이까지 얼마나 지난한 삶을 사셨어요, 그러니 이제, 양질의 문화예술 콘텐츠를 한껏 누리면서, 지난날을 돌아보시고 앞날을 준비하세요, 여기 와서 여러분의 삶을 찾으세요, 여러분의 서사를 되찾아 가세요. 이런 울림이 마음속에서부터 올라왔다.

하지만 곧, 이마저도 참여자를 대상화하고 있는 것은 아닌가, 하는 반성이 일었다. 소외되었네, 안됐네, 하는 마음, 미안한 마음을 차곡차곡 접고 그분들이 주체가 되는 프로그램을 만들어야겠다는 생각이 스쳤다. 양질의 콘텐츠를 제공하는 것이 아니라, 콘텐츠는 비록 빈약할 수 있어도, 그들이 주체가 되는 프로그램, 준비된 프로그램보다 그들이 만들어가는 프로그램, 주체적으로 참여하지 않으면 속 빈 강정이 되는 프로그램이어야 했다.

다섯 명의 연구진은 그런 마음으로 하나하나 서둘지 않고 '생애전환'으로 가는 '문화예술학교'를 짚고 또 되짚으면서 그 문을 열고 들어섰을 때 누가 보여야 할지를 고민했다. 그랬다. 다섯 모두는 새롭게 뭔가를 만들려고 모인 것이 아니라, 어디에 있을, 드러나지 않은 사람들을 찾아 나선 것이었다. 그 과정이 기획이고, 찾을 사람, 찾은 사람이 곧 참여자, 신중년, 그것도 제주 지역의 신중년이었다.

하지만 참여자가 주체적으로 프로그램을 이끌어간다는 것이 말은 그럴 듯하지만 실제로는 매우 과한 요구일지도 몰랐다. 생애전환이라는 생소한 내용은 고사하고 문화예술 프로그램의 경험이 거의 없는 사람에게 주체적이란 말은 강요나 마찬가지이기 때문이었다. 남들 앞에서 입을 여는 것도 어려운 사람에게 자신과 대면하고, 다른 사람과 소통하는 것을 주체적으로 해보라고 하면 누가 자신 있게, '주체적'으로, 하기 싫다, 못한다고 말할 수 있을까?

그리고 연구진은 제주 지역 신중년의 특수성을 찾아 나서야 했다. 보편적인 프로그램을 만드는 게 이 사업의 목적이었다면 굳이 지역에서 연구 모임을 꾸릴 필요 없이 그동안 진행된 여러 지역의 프로그램을 제주에서도 적용하면 되는 것이었다. 5, 60대라면 누구나 해당하는 보편성에 입각해서 판을 벌리고, 누구나 와서 해보세요, 하는 것도 의미가 있겠지만, 제주 지역 기획자, 예술가가 만나고 싶고, 만날 수 있고, 만나야 하는 신중년은 한국의 신중년이 아니라 제주의 신중년이었다.

소선 씨는 그게 누굴까, 생각했다. 해녀가 가장 먼저 떠올랐다. 하지만 제주 해녀는 우선, 5, 60대가 거의 없었다. 또한, 아무래도 그분들이 주인이 되는, 그분들을 위한 예술교육 프로그램이기보다는 해녀들을 예술교육의 단순 수혜자로 여기는 경우가 잦았다. 물론, 6, 70대 해녀가 젊은 층일 정도로 고령화된 조건이 작용한 결과이기도 했다. 그러다 보니, 결과물 중심의 프로그램 성과에 집착해 기획자나 진행자의 처음 의도와는 달리 해녀들을 대상화하기 십상이었다.

어쨌든, 해녀를 참여자로 한 프로그램은 이미 많이 진행되고 있었고, 생애전환이란 이름만 없을 뿐, 대개의 프로그램이 신중년 프로그램의 취지에 닿아 있다고 할 수 있었다. 그런데 아무리 연결하려고 해도 '신중년'과 '생애전환'은 잘 섞이지 않았다. 신중년이 꼭 5, 60대를 말한다고 할 수는 없었지만 '생애주기'라는 틀에 따를 때, 현재의 신중년은 5, 60대라는 데는 이견이 없었다.

그럼에도 신중년과 생애전환이 매끄럽게 연결되지 않는 이유는 아무래도 '신중년은 생애전환기'라는 의미로 다가오기 때문이었다. 마치, 당신은 신중년입니다, 그러니 생애전환을 준비하십시오, 하는 것 같은. 이 말이 의미를 가지려면 정년이 보장된 특수한 그룹이어야 했

이소선
제주

다. 이르자면, 정규직 노동자. 그러므로 노조나 회사에서 정년 후를 대비한 노조원, 직장인 교육 프로그램이라면 신중년과 생애전환은 찰떡궁합이었다.

하지만 한국 사회는 정규직보다는 그를 둘러싼 비정규직, 일용직, 자유직, 전업주부 등이 훨씬 광범위한 사회이기 때문에 특정 연령에 맞춰 '생애전환'을 준비하는 것은, 프로그램 성과라는 그럴듯한 그림을 그리기에는 좋을지 모르겠지만, 현실과 맞지 않는 부분이 컸다. 서울에서라면 어떨지 모르겠지만 제주에서는 신중년과 생애전환은 어울리지 않는 주제였다. 결국, 지역사회에서, 지금까지 살아온 나날을 돌아보고 남은 삶을 새롭게 더 깊이 준비해야 할 사람이라면 5, 60대가 아니더라도, 은퇴자가 아니더라도 '생애전환 문화예술학교' 프로그램의 참여자여야 한다고 생각했다.

그리고 또 하나의 키워드는 '전환'이었다. 신중년은 자신의 욕망이 전환되는 시점을 맞은 사람이라는 데에 소선 씨와 연구진은 생각을 모았다. 그러므로 그 욕망은 각각 다른 모습이 아닐까 생각했다. 어떤 사람은 지금까지와는 달리 사회적 환원을 위해 자신의 능력과 시간을 쓰고 싶어 하는 분도 있을 것이었다. 또, 그동안 자신을 뒷전에 놓고, 가족이나 집안, 사회나 공동체를 위해 살아온 사람은 오롯이 나를 위해 살아보고 싶을 것이었다. 그리고 어느 쪽이든 자신이 어떤 틀에 갇혀 살았다고 생각하는 사람은 자유로운 삶을 꿈꿀 것이었다.

소선 씨와 연구진은 그럼에도, 신중년과 생애전환이 연결된 이유를, 연결해야 할 이유를 찾고 있었다. 신중년에게 정말 전환이 필요한지, 필요하다면 그것은 무엇에 대한 어떤 전환인지, 그 전환의 즈음에 예술이 할 수 있는 일은 무엇인지 고민하고 또 고민했다. 어제 모은 의견을 오늘 또다시 의심하고 회의하면서 전환에 대한 정의를 다시 내리고 또 지우는 것을 반복했다. 소선 씨는, '전환'이란 말이 삶의 마디 같다고 생각했다. 자신의 지난 삶에서도 마디처럼 불거진 그 전환이 떠올랐다.

제주는 모든 것이 누워 있었다. 바다도 산도 사람도, 흐르고 흔들리고 걷고 천천했다. 어느 것 하나, 벌떡 일어나 서둘지 않았다. 자동차조차 달리는 것이 아니라 흐른다고 느낄 정도였다. 오르는데도 오르지 않는 것 같았고, 내려가는데도 내려가지 않은 것 같았다. 걷다 보면 산이었고 흐르다 보면 바다였다. 터널도 지하철도 없는 길을 따라 가면 해와 달이, 별과 구름이, 비와 눈이 쫓아왔다.

소선 씨는 일주일 정도 제주에 내려왔던 그때가 눈

앞에 생생했다. 서울을 떠나 제주에 정착한 남자 친구 집에 잠시 쉬러 내려와 있을 때였다. 그때 처음으로 깊고 오래도록 잠을 잤고, 음식도 천천히 잘 먹었다. 대학 4학년, 모범생으로 살아온 모든 것을 놓아버린 그때부터 생긴 수면 장애, 습식 장애가 제주에서는 작동하지 않았던 것이었다. 천천히 다니고 천천히 먹고 천천히 잤다.

이때 이미 자신의 몸은 제주를 받아들였는지도 몰랐다. 그 기분은 25살 때, 처음 산책을 하면서 느꼈던 것 이상이었다. 소선 씨는 25살 때, 30살 과장의 꿈을 포기하고 대학원 과정인 한국예술종합학교 연극원에 진학했다. 그때 후배였던 남자 친구를 만났다. 남자 친구는 어느 날 연극원을 자퇴하고 제주에서 고등학교 교사가 되었다. 그때 남자 친구는 소선 씨와의 결혼을 포기하고 헤어질 결심을 했다지만, 소선 씨에게 결혼은 어떤 선택지에도 없었다. 그 일주일간의 머무름이 없었다면……

일주일을 남자 친구 집에서 지낼 때, 몸이 먼저 제주에 정착할 것을 강력히 요구했다. 소선 씨는 그때 결혼을 생각했고 남자 친구에게 프로포즈를 했다. 25살의 산책과 30살의 제주에서 소선 씨는, 삶이란 이렇게도 살 수 있구나, 하는 것을 느꼈다. 그때부터 오롯이 이소선으로 살아갈 준비를 한 것이었다. 그렇게 결혼을 했고, 제주도에 정착해 바로 아이를 가졌다. 그 아이는 이미 배 속에서부터 제주였다. 소선 씨의 천천한 움직임 속에 있었던 아이는, 어릴 때 창밖에 내리는 비를, 그 빗방울을 하루 종일 바라보는 천천한 아이가 되었다.

아이와 함께 소선 씨는 다시 태어났다. '내가 나의 엄마'가 되기 위해 아이와 함께 자신도 잉태했던 것이었다. 자기 속에 남아 있던 어머니의 욕망은 이제 흔적처럼 희미해져갔고, 태풍이 지난 바닷가의 파도처럼 찰랑거렸다. 서른에 다시 자신의 아이와 함께 한 살이 된 소선 씨는, 이때가 자신에게는 생의 전환기, 살아가는 이야기의 굵은 마디가 아니었을까, 생각했다. 25살에 시작해 30살에 완성한 생애전환. 현실의 어머니는 여전히 의지할 수 있는 분이지만, 이제, 소선 씨 안에는 더 이상 어머니의 욕망은 자라나지 않았다. 소선 씨는 아이뿐만 아니라 자신에게도 기다려주는 천천한 욕망, '조들지 않는' 제주의 마음을 가지게 되었다. 온 존재를 있는 그대로 품을 수 있는 넉넉한 힘이 생긴 것이었다.

이소선
제주